늘 자유롭고 행복하세요.
당신은 자격이 충분합니다.

To.

From.

홀로 행함에 게으르지 말고, 비난과 칭찬에 흔들리지 말라.
소리에 놀라지 않는 사자처럼, 그물에 걸리지 않는 바람처럼,
진흙에 더럽히지 않는 연꽃처럼,
무소의 뿔처럼 혼자서 가라.
– 숫타니파타 –

운명을 바꾸는

365일

– 실천 편 –

이종명 지음

프로방스

서 문

내 운명의 주인이 되어 행복하고 자유로운 삶을 살아 보자.

● 내 운명을 바꾸고자 꾸준히 노력하는 것을 〈수행〉이라 한다. 지금까지 수행자로 살아오며 절감하고 체험한 것은 〈일체유심조〉 모든 것이 내 마음에 달려 있다는 것이다. 마음 하나 잘 먹으면 이곳이 천국이요, 이 사람이 천사다. 근데 마음 한번 잘못 내면 여기가 지옥이요, 저 사람은 악마다. 마음이 긍정적이고 희망적인가, 아니면 부정적이고 절망적인가에 따라 현재와 미래의 삶이 결정된다. 단 한 사람의 예외도 본 적이 없다.

● 그럼 긍정적이고 희망적인 마음을 어떻게 가질 수 있을까? 두 가지 경우가 있다. 하나는 죽음을 직면해 보는 것. 죽음이라는 극한 상황을 겪어 보면 확연한 깨달음을 얻을 수 있다. 살아있다는 것이 얼마나 감사한지, 내 곁에 있는 주변 사람들과 평범한 일상이 얼마나 소중한지. 이때 내 카르마(Karma), 즉 마음이 확 바뀐다. 다른 하나는 끊임없이 세뇌

교육을 하는 것이다. 매일 아침 감사의 기도를 1년 정도 하면 뇌가 감사를 무의식적으로 받아들인다. 즉 마음이 변한다. 마음은 생각과 의지로 바뀌지 않는다. 오로지 꾸준한 세뇌 연습을 통해 서서히 바뀐다. 왜냐하면 하루아침에 만들어진 것이 아니기 때문.

● 지난 십 수년간 우리가 존경하고 귀감이 되는 사람들의 말씀을 모아 왔다. 이 중 실천, 즉 말과 행동, 자세와 관련된 소중한 말씀을 〈실천 편〉에 모았다. 그 말씀을 하루에 하나씩 마음에 새기며 나의 말과 행동을 바꿔보자. 나의 운명을 바꿔보자. 1년 365일이면 충분하다. 매일 아침 한 번씩, 365번만 하자. 그리고 1년 후 말과 행동과 자세가 바뀐, 그래서 운명이 바뀐 나 자신을 마주하자. 생각만 해도 흐뭇하지 않은가.

● 내 운명의 주인이 되어 행복하고 자유로운 삶을 살아 보자. 소리에 놀라지 않는 사자처럼, 그물에 걸리지 않는 바람처럼, 진흙에 더럽히지 않는 연꽃처럼.

지은이 **이종명**

Contents
차례

이 책의 사용방법

매일 아침 정신을 차리고 일을 시작하는 곳에 이 책을 둔다. 집 서재 책상도 좋고, 회사 사무실 책상도 좋다. 일을 시작하기 전 자리에 앉아 3분 정도 가볍게 명상한다. 그리고 책을 펴고 하루에 한 장씩 아래를 반복한다.

1. 오늘의 글을 정독해서 3회 읽는다.
2. 글의 의미를 이해한다.
3. 오늘의 글을 정성스럽게 필사한다.
4. 나의 다짐과 느낌을 적는다.

중간중간 시간이 날 경우, 지난날의 다짐을 살펴보고 재필사 해본다. 이 책은 1년 동안 가장 친한 친구이자 스승으로 늘 가까이한다.

운명을 바꾸는

365일

- 실천 편 -

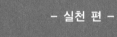

01 일

오늘의 글

자세히 보아야 예쁘다.
오래 보아야 사랑스럽다.
너도 그렇다.
– 나태주

이해하기

'풀꽃' 이라는 나태주 시인의 대표 시. 자세히 보면 예쁘지 않은 것이 없다. 사람의 눈을 자세히 보라. 예쁘지 않은 눈이 없다. 꽃잎을 자세히 보라. 예쁘지 않은 꽃이 없다. 그 예쁨을 오래 느끼면 사랑스런 마음이 절로 든다. 예쁘고 사랑스럽지 않은 것이 없다. 자세히 볼 수 있다면. 오늘도 자세히 보며 잘 쓰이겠습니다.

필사와 다짐

년 월 일

02 일

오늘의 글

개가 잘 짖는다고 용하다 할 수 없고,
사람이 잘 떠든다고 현명하다 할 수 없다.
– 장자

이해하기

개가 사람을 잘 구분해 짖을 때 용하다고 한다. 즉 아무 때나 짖는 것이 아니라, 도둑과 낯선 사람을 볼 때만 짖어야 한다. 사람도 잘 떠든다고 현명한 사람이 아니라, 떠들어야 할 때 조리 있게 떠드는 사람이 현명하다. 말해야 할 때를 아는 사람이 용한 것. 오늘도 용하고 현명하게 잘 쓰이겠습니다.

필사와 다짐

년　　월　　일

03 일

오늘의 글

나이를 먹으면 알게 되는 게 있지.
인생은 1인치 게임이라는 것을.
언제나 1인치가 문제야.
– 알파치노

이해하기

영화 "Any Given Sunday"에서 알파치노 감독은 선수들에게 말한다. "나이를 먹게 되면 여러 가지를 잃는다. 그게 인생이야. 하지만 잃기 시작하면서 사실을 알게 돼. 인생은 1인치 게임이라는 것을. 풋볼도 그래." 1인치의 땅을 확보하기 위해 선수들은 최선을 다했고 기적 같은 승리를 이루었다. 오늘도 1인치 게임의 자세로 잘 쓰이겠습니다.

필사와 다짐

년 월 일

04 일

오늘의 글

아쉽고 부족한 점이 많다.
모든 분야가 그렇듯이 항상
공부하고 연구해야 한다.
– 앙드레 김

이해하기

어느 분야든 최고 위치에 올라간 사람들의 특징은 여전히 자신의 부족함을 느낀다는 사실. 그리고 그 부족한 부분을 채우기 위해 늘 공부하고 연구한다. 이런 자세로 하루하루를 살아가기에 최고의 위치를 유지할 수 있다. 이것이 최고에 오르고, 최고를 유지하는 방법이다. 오늘도 배움의 자세로 잘 쓰이겠습니다.

필사와 다짐

년 월 일

05 일

오늘의 글

발상의 벽에 부딪칠 때면 해변이나 강가로 나간다. 파도와 바람, 햇볕으로부터 아이디어를 얻을 수 있기 때문이다.
– 에디슨

이해하기

사로잡힘에서 벗어나 새로운 생각을 하기 위해서는 있던 공간을 벗어나야 한다. 뇌과학적으로 공간에서 벗어나 산책을 하면, 편도체에서 해마로 뇌작용이 바뀌어, 새로운 생각을 가능하게 한다. 부정적 생각에 사로잡혀 있을 때, 새로운 아이디어가 필요할 때, 공간을 벗어나 산책을 하자. 나무, 바람, 햇살이 나를 바꾸어 줄 것이다. 오늘도 행복하게 잘 쓰이겠습니다.

필사와 다짐

년 월 일

06 일

오늘의 글

세 잎 클로버는 행복,
네 잎 클로버는 행운.
행복하면 되지 행운까지 바란다면
그 또한 욕심이겠지요.
– 박완서

이해하기

다섯 아이를 둔 전업주부로 40세에 소설로 등단하였다. 전쟁의 비극, 중산층의 삶, 여성 문제를 아주 민감한 필체로 다룬 대한민국 대표 작가이며, 수많은 여성 작가들의 우상이다. 늘 소박한 일상의 행복을 강조하셨다. 네 잎이 아닌 세 잎으로도 충분한 삶이다. 오늘도 행복하게 잘 쓰이겠습니다.

필사와 다짐

년 월 일

07 일

오늘의 글

승리에 운은 필수다.
그런데 연습을 많이 할수록
운이 좋아진다.
– 게리 플레이어

이해하기

남아공 출신의 살아있는 골프 전설. 골프 역사에서 그랜드슬램을 달성한 사람은 벤 호건, 진 사라센, 게리 플레이어, 잭 니클라우스, 타이거 우즈, 5명뿐이다. 키가 168cm, 하지만 엄청난 연습과 체력 훈련으로 골프계의 별이 되었다. 그리고 여전히 최고령 섹시 골퍼로 활동하고 있다. 그의 힘은 오로지 연습과 훈련. 오늘도 꾸준하게 잘 쓰이겠습니다.

필사와 다짐

년 월 일

08 일

오늘의 글

더 많이 미소 짓고, 상대의 실수를
웃어넘길 수 있고, 사랑 표현을 쉽게 하고,
자신에게 진실해지려는 노력 또한,
자기 계발이다.
– 법산

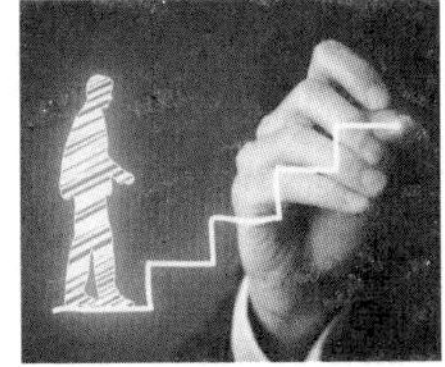

이해하기

외국어 학원에 다니거나, 헬스장에 가거나, 새로운 기술을 습득하는 것만이 자기 계발이 아니다. 더 많이 미소 짓고, 상대의 실수를 웃어넘길 수 있고, 사랑과 감사의 표현을 쉽게 하고, 자신에게 진실해지려는 노력이야말로 진정한 자기 계발이다. 이를 '수행' 이라고 한다. 너그럽고, 편안하고, 솔직하게, 오늘도 잘 쓰이겠습니다.

필사와 다짐

년 월 일

09 일

오늘의 글

한겨울 달밤 아래 버티고 선 나무에 말을 겁니다.
"안 춥냐?" 나무는 대답합니다. "어, 존나 추워."
"그래도 버티다 보면 봄이 반드시 오니까 버텨.
존나게 버텨." 이것이 "존버정신"입니다.
– 이외수

이해하기

'무릎팍 도사' TV 프로그램에 나와 이야기한 말로, 청년들에게 큰 힘이 된 말이다. 겨울은 춥다. 누구나 춥다. 하지만 버틴다. 자연의 모든 만물이 버티듯, 그렇게 버티어야 한다. 왜냐하면 반드시 봄이 온다는 것을 알기에. 변화의 이치를 확연히 알면 "존버정신"이 생긴다. 버티면 바뀐다. 오늘도 버티며 잘 쓰이겠습니다.

필사와 다짐

년 월 일

10 일

오늘의 글

각자가 자기 집을 쓸어라. 그러면 세상은 청결해진다. 각자가 자기 할 일을 다 하면 사회가 할 일이 없어진다.

– 괴테

이해하기

각자가 자기 할 일을 하지 않음으로 혼란스럽고 시끄럽다. 왜 하지 않을까? 자기 일이라 생각하지 않기 때문. 왜 이런 생각을 할까? 자신을 과대평가하고, 일을 과소평가하기 때문이다. 일에는 귀천이 없다. 모두 중요하고 필요한 일이다. 자기가 해야 할 일을 다 할 때, 스스로 행복해지고, 세상은 청결해진다. 오늘도 세상을 위해 잘 쓰이겠습니다.

필사와 다짐

년 월 일

11 일

오늘의 글

다른 사람들 너무 신경 쓰지 마세요. 다른 사람을 부러워하는 대신, 더 나은 내가 되면 충분합니다.

– 오프라 윈프리

이해하기

모임에서 한 사람만 웃고 있으면 서양에서는 "저 사람 기분이 좋은 것 같네." 라고 말하는데, 우리나라에서는 "저 사람 분위기 파악 못 하네."라고 한다. 관계주의 문화이기 때문. 늘 상대를 의식하고 비교하며 살아가니 행복도가 낮을 수밖에 없다. 나를 의식하고, 어제보다 나은 내가 되면 충분하다. 오늘도 당당히 잘 쓰이겠습니다.

필사와 다짐

년 월 일

12 일

오늘의 글

자기 자신의 재능을 믿지 말고,
자신의 노력을 믿어라.
– 조정래

이해하기

인터뷰에서, 젊은 작가들이 새겨야 할 마음가짐 한 가지만 말해 달라는 질문의 대답이다. 엄청난 노력가다. 책 한 권을 쓰기 위해 몇 개월에서 수년에 걸쳐 자료를 수집하고, 이를 정리해 쓰는데 몇 개월에서 수년이 걸린다. 책은 피나는 노력의 산물이라고 늘 강조하신다. 오로지 믿을 수 있는 건 노력 뿐. 오늘도 잘 쓰이겠습니다.

필사와 다짐

년 월 일

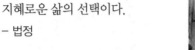

13 일

오늘의 글

버리고 비우는 일은
결코 소극적인 삶이 아니라
지혜로운 삶의 선택이다.
– 법정

이해하기

버리고 비우지 않으면 새로운 것이 들어설 수 없다. 공간이나 여백은 그저 비어 있는 것이 아니라, 그 자체가 본질이며 실상이다. 방에 물건이 꽉 차 있다면 제대로 움직일 수 있겠는가? 새롭고 자유로운 삶을 원한다면 적극적으로 버리고 비워야 한다. 공간과 여백을 만들어야 한다. 오늘도 지혜롭게 잘 쓰이겠습니다.

필사와 다짐

년 월 일

14 일

오늘의 글

회사는 사장 개인의 꿈을
추구하는 곳이 아니다.
현재부터 미래까지 직원들의
생활을 지켜주는 곳이다.
– 이나모리

이해하기

관점이 중요하다. 사장이 개인적 성취와 이익을 위해 노력하는 회사가 있다. 사장이 모든 직원들의 생활을 지켜준다는 목표로 일하는 회사가 있다. 두 회사 직원들의 태도는 어떨까? 분명히 다를 것이다. 아버지를 존경하고 따르는 이유와 같다. 나는 가족의 생활을 지켜주는 가장이다. 나는 직원의 생활을 지켜주는 사장이다. 오늘도 잘 쓰이겠습니다.

필사와 다짐

년 월 일

15 일

오늘의 글

목소리 톤이 높아질수록
뜻은 왜곡된다.
– 유재석

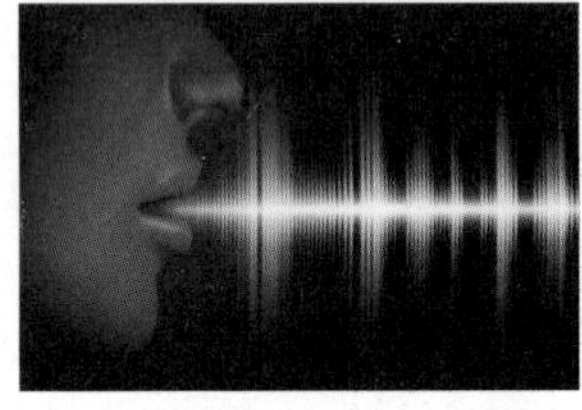

이해하기

말로 즐거움을 주는 국민 개그맨의 냉철한 지적이다. 목소리 톤이 높아진다는 것은 감정이 동요한다는 뜻. 그 동요가 폭발하면 고함을 치고 욕을 한다. 본래의 뜻과는 멀어지게 된다. 말의 고수를 살펴보자. 차분한 톤으로 짧고 간결하게 말한다. 내 목소리를 잘 살피자. 톤이 높아지면 마음이 동요하고 있음을 알아차리자. 오늘도 차분히 잘 쓰이겠습니다.

필사와 다짐

년 월 일

16 일

오늘의 글

행복하고 싶은가?
그렇다면 다른 사람을 행복하게 해주어라.
– 플라톤

이해하기

행복한 감정을 느끼는 순간 중 하나가, 내가 잘 쓰여 상대의 행복한 모습을 볼 때이다. 이를 '보람'이라 한다. 평생을 봉사로 사는 사람들의 얼굴이 밝고 행복한 이유다. 그 분들은 말한다. 봉사는 남을 위한 것이 아니라 나를 위한 것이라고. 다른 사람을 행복하게 해주는 것이 나를 행복하게 하는 것이라고. 매 순간 친절을 베풀자. 오늘도 기쁘게 잘 쓰이겠습니다.

필사와 다짐

년 월 일

17 일

오늘의 글

직원일 때는 주인이 되어야 하고,
사장일 때는 머슴이 되어야 한다.
– 권의석

이해하기

모든 직원이 주인처럼 행하면, 그 회사는 위로 성장할 것이다. 사장이 머슴처럼 행하면, 그 회사는 옆으로 성장할 것이다. 위로 옆으로 성장하니 그 견고함은 대단하리라. 두 개의 바른 마음과 행동이 위대한 회사와 조직을 만든다. 절대 거꾸로 하면 안 된다. 직원은 주인으로 사장은 머슴으로 오늘도 잘 쓰이겠습니다.

필사와 다짐

년 월 일

18 일

오늘의 글

인간은 인센티브에 반응한다.
이는 가설이 아닌 법칙이다.
– 찰스 코크 –

이해하기

인센티브(incentive)는 동기를 유발시키는 유인책을 말한다. 보통 당근과 채찍. 인간은 이기적이며 합리적으로 행동한다는 전제하에 이익 또는 손해가 될만한 조건을 붙이는 것이다. 인간은 인센티브에 반응한다. 특히 인간의 마음은 아주 쉽게 반응한다. 긍정적 인센티브(칭찬)를 나와 주변에 많이 주어야 하는 이유다. 오늘도 잘 쓰이겠습니다.

필사와 다짐

년 월 일

19 일

오늘의 글

자녀 교육의 핵심은
자녀가 갖기 바라는 역량과 성품을
부모가 먼저 갖추는 것이다.
– 김형경

이해하기

콩 심은 데 콩 나고, 팥 심은 데 팥 난다. 자연법칙이다. 콩을 심었는데 팥이 날 리 없고, 팥을 심었는데 콩이 날 리 없다. 그런데 그럴 수 있다고 착각한다. 내가 팥인데 자식은 콩이 될 수 있다고 착각한다. 착한 아이를 원한다면 부모가 착해야 하고, 공부 잘하는 아이를 원한다면 부모가 공부를 해야 한다. 제발 엉뚱하게 살지 말자. 오늘도 나부터 잘 쓰이겠습니다.

필사와 다짐

년 월 일

20 일

오늘의 글

내가 중요하다고 생각하는 것들로 일정을 채우지 않으면, 다른 사람들이 중요하다고 생각하는 일들로 나의 일정을 채울 것이다.

– 빌 게이츠

이해하기

행복을 위한 유용한 실천법. 내가 중요하다고 생각하는 일들로 나의 일정(년/월/일)을 미리 채워야 한다. 가족 여행 및 생일 파티, 내가 배우고 하고 싶은 일, 친구들과의 만남, 취미와 운동. 다이어리에 중요한 일의 일정을 미리 잡아 놓아야 한다. 그리고 빈 공간에 나머지를 채우면 된다. 중요한 일을 놓치진 않는 것, 중요한 "행복 기술"이다. 오늘도 행복하게 잘 쓰이겠습니다.

필사와 다짐

년 월 일

21 일

오늘의 글

시장 경제는 나 같은 사람을 부자로 만들어 주지만, 가난한 사람에게는 작동하지 않기 때문에 기부가 필요하다.

– 워렌 버핏

이해하기

시장 경제는 포장된 말이고 자본주의다. 자본이 주인인 시대. 자본의 속성은 증식이다. 돈이 돈을 낳고, 확대 재생산된다. 디지털 플랫폼 사회로 변화되며 돈의 쏠림과 증식은 더욱 가속되고 있다. 다행스러운 건 굶어 죽는 시대는 아니라는 것. 부자면 기부해야 하고, 빈자면 평정심을 가져야 한다. 오늘도 베풀며 잘 쓰이겠습니다.

필사와 다짐

년 월 일

22 일

오늘의 글

축구의 핵심은 패스다. 패스를 잘해야 골 넣을 확률, 이길 확률이 높다. 욕심으로 머뭇거리지 말고, 나에게 온 이익과 기회를 나눠야 한다.

– 이영표

이해하기

왜 패스가 핵심인가? 단체, 즉 공동체 게임이기 때문. 축구는 한 명의 스타 플레이어만으로는 결코 이길 수 없는 11명의 게임이다. 스타 플레이어도 공동체의 도움, 패스 없이 만들어질 수 없다. 구성원이 많은 조직일수록 패스가 중요하다. 공동체 승리의 비법은 조직력에 기반한 패스다. 오늘도 욕심을 내려놓고 잘 쓰이겠습니다.

필사와 다짐

년 월 일

23 일

오늘의 글

어쩔 수가 없는 경우가 아니고는
절대로 높은 자리에 앉지 마라.
아주 위험한 일이다.
– 판토하

이해하기

천주교서 '칠극', 7가지 죄를 극복하기 위한 7가지 덕행으로 겸손, 절제, 은혜, 정절, 근면, 관용, 인내가 있다. 높은 자리는 겸손과 절제가 완성된 사람에게 허용된 자리인데, 그렇지 못할 경우 극히 위태로워진다고 경고한다. 과거 대통령, 장관, 회장들을 돌아볼 때 사실이다. 지위가 높아짐을 경계해야 한다. 평범함에 감사하며, 오늘도 잘 쓰이겠습니다.

필사와 다짐

년 월 일

24 일

오늘의 글

힘을 빼고 흐름에 몸을 맡겨 보라.
너무 애쓰지 말고 기꺼이 받아들여라.
샘은 저절로 솟으며, 풀은 저절로 자란다.
– 윤재윤

이해하기

힘을 빼는 것이 행동의 비법. 고수는 힘을 뺀 사람이다. 긴장하지 않고 유연하여 임팩트에 힘을 가할 수 있는 사람이다. 애쓰며 억지로 힘을 가하지 않는 사람이다. 힘을 빼야 정타를 맞추어 장타를 날릴 수 있다. 수시로 몸 상태를 살펴 긴장을 풀자. 힘을 빼자. 오늘도 부드럽게 잘 쓰이겠습니다.

필사와 다짐

년 월 일

25 일

오늘의 글

나의 일은 여러분이 성공할 수 있도록 돕는 일입니다. 여러분이 성공해야 내가 성공하기 때문입니다.

– 레이 크록

이해하기

세계 최대 프랜차이즈 '맥도날드' 창업자. 햄버거 하나로 세계 시장을 평정한 기업가다. 그의 성공 비결은 "당신이 성공해야 내가 성공한다. 그래서 반드시 당신을 성공케 하리라." 프랜차이즈 사업 정신이다. 큰 성공을 원한다면 반드시 가져야 할 정신이다. 당신의 성공을 위해 오늘도 잘 쓰이겠습니다.

필사와 다짐

년 월 일

26 일

오늘의 글

해방을 향해 달려가는 것이 아니라, 자신이 선 자리를 해방의 공간으로 전환시키는 것. 이보다 혁명적 실천은 없다.

– 고미숙

이해하기

행복도 자유도 이와 같다. 행복(자유)을 향해 달려가는 것이 아니라, 자신이 선 자리를 행복(자유)의 공간으로 전환시키는 것이 가장 혁명적 실천이다. 꿈, 이상, 천국은 멀리 있는 것이 아니다. 내가 서 있는 바로 이 자리를 바꾸는 것. 이곳을 천국, 정토로 만드는 것, 이것이 혁명이다. 오늘도 정토세상을 위해 잘 쓰이겠습니다.

필사와 다짐

년 월 일

27 일

오늘의 글

나는 우리나라가 세계에서 가장 부강한 나라가 아니라, 가장 아름다운 나라가 되길 원한다.
– 김구

내가 원하는 우리나라
나는 우리나라가 세계에서 가장 아름다운 나라가 되기를 원한다.
우리의 부력(富力)은 우리의 생활을 풍족히 할 만하고,
우리의 강력(强力)은 남의 침략을 막을 만하면 족하다.
오직 한없이 가지고 싶은 것은 높은 문화의 힘이다.
문화의 힘은 우리 자신을 행복 되게 하고,
나아가서 남에게 행복을 주겠기 때문이다.
- 김구 선생의 「나의 소원」 중 -

이해하기

이어지는 말씀. "내가 남의 침략에 가슴이 아팠으니, 내 나라가 남을 침략하는 것을 원치 않는다. 우리의 부력은 생활을 풍족히 할 만하고, 우리의 강력은 남의 침략을 막을만하면 족하다. 오직 한없이 가지고 싶은 것은 높은 문화의 힘. 이 힘은 우리 자신을 행복하게 하고, 남에게도 행복을 주기 때문이다." 아름다운 사람이 되어 오늘도 잘 쓰이겠습니다.

필사와 다짐

년 월 일

28 일

오늘의 글

읽기와 듣기만 하면 자아가 형성되지 않고 정체성도 만들어지지 않는다.

– 강원국

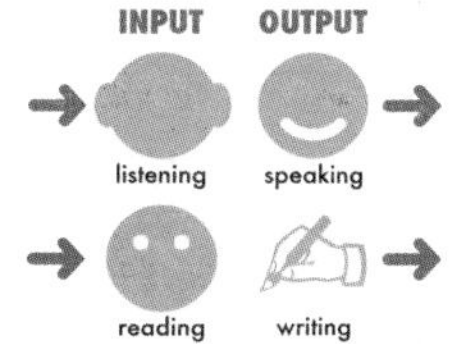

이해하기

인간의 학습 및 소통 방식은 4가지. 읽기, 쓰기, 듣기, 말하기다. 읽기와 듣기로는 내 것이 되지 않는다. 왜냐하면 자신이 만든 것이 아니기 때문. 읽은 것을 내 것으로 만들려면 써봐야 한다. 들은 것을 내 것으로 만들려면 말해봐야 한다. 반드시 내가 직접 써보고 말해봐야 한다. 나의 정체성은 이렇게 만들어진다. 오늘도 잘 쓰이겠습니다.

필사와 다짐

년 월 일

29일

오늘의 글

유쾌한 상태가 아닐지라도 즐거운 듯 말하고 웃으면, 즐거운 상태로 전환된다. 행복한 듯이 행동하면, 실제 행복해진다.

– W. 제임스

이해하기

사실이다. 기분이 다운될 때 거울 앞에 서 보자. 그리고 미친듯이 소리 내 웃어 보자. 손뼉도 쳐보자. 발도 굴러 보자. 단 1분 후 얼굴에 생기가 돌고 기분이 확 바뀐다. 몸과 마음은 연결되어 있어, 몸을 즐겁게 하면 마음도 즐거워진다. 행복은 이렇게 만들어지고 유지된다. 오늘도 즐겁게 잘 쓰이겠습니다.

필사와 다짐

년 월 일

30 일

오늘의 글

소중한 것은 늘 가까이 있는 것이지 일회성이 아니다. 숨 쉬는 공기, 먹는 물, 평범한 일상, 가족, 친구…

– 법산

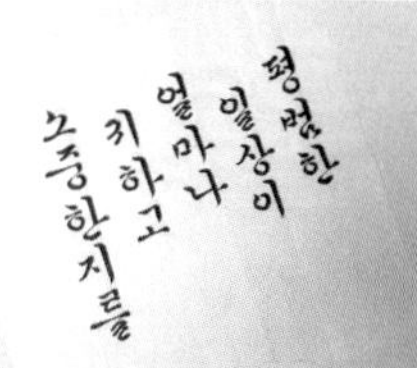

이해하기

정말 소중한 것들은 내 곁에 그림자 같이 붙어 있다. 나의 그림자를 못 느끼듯 소중한 것도 느끼지 못한다. 그런데 갑자기 일상이 깨지거나, 환경이 변하면, 비로소 소중함을 느낀다. 인간의 어리석음이다. 일상의 소중함을 느끼는 사람을 지혜롭다고 한다. 지혜로운 자는 늘 감사하며 산다. 그래서 만족하고 행복하다. 오늘도 감사히 잘 쓰이겠습니다.

필사와 다짐

년　　월　　일

31일

오늘의 글

잘못된 전략이라도 제대로 실행하면 성공할 수 있다. 뛰어난 전략이라도 제대로 실행하지 못하면 실패한다.

– 맥닐리

이해하기

실행의 중요성을 말한다. 전략, 즉 계획 수립도 중요하다. 하지만 아무리 좋은 계획도 확실한 실행이 없으면 의미가 없다. 보통 사람들이 성공하지 못하는 이유는 작심삼일, 계획만 세우고 꾸준한 실행을 못 하기 때문. 전략보다 꾸준히 실행하는 것이 중요하다. 오늘도 행동으로 잘 쓰이겠습니다.

필사와 다짐

년 월 일

32 일

오늘의 글

아난다여. 좋은 도반과 사귀는 것이야말로 청정한 삶의 전부에 해당된다.

– 석가모니

함께 할 수 있는
도반이 있어서
행복합니다.

이해하기

'도반' 이란 불교 용어로 도를 함께 연마하는 친구를 말한다. 도반을 친구로 바꾸면, "좋은 친구와 사귀는 것이야말로 행복한 삶의 전부에 해당된다." 좋은 친구는 긍정, 희망, 감사의 마음이 충만한 사람. 좋은 친구를 사귀려면 내가 먼저 좋은 사람이 되어야 한다. 좋은 사람이 되어 좋은 친구와 놀자. 오늘도 잘 쓰이겠습니다.

필사와 다짐

년 월 일

33 일

오늘의 글

코로나는 얼굴을 마스크로 가리라 한다. 부끄러움을 가르친다. 손을 씻으라 한다. 삶의 습관을 바꾸라 한다.

– 김흥숙

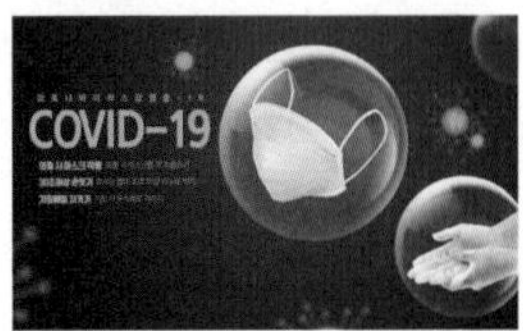

이해하기

코로나가 우리 몸과 마음에 가르침을 주고 있다. 부끄러움을 알고 교만하지 말라고 한다. 인간의 교만과 탐욕이 얼마나 큰 과보를 만드는지 알아야 한다. 습관을 바꿔야 한다. 내 삶에 이익이 되지 않은 유해한 습관은 바꿔야 한다. 인생은 습관이고, 습관이 바뀌어야 운명이 바뀐다. 오늘도 겸손하고 깔끔하게 잘 쓰이겠습니다.

필사와 다짐

년 월 일

34 일

오늘의 글

생각을 조심해라. 말이 된다. 말을 조심해라. 행동이 된다. 행동을 조심해라. 습관이 된다. 습관을 조심해라. 운명이 된다. 우리는 생각하는 대로 된다.

– 마가렛 대처

이해하기

이런저런 생각을 하며 산다. 즐겁고 밝은 생각, 짜증나고 괴로운 생각. 부정적인 생각이 들 때 바로 알아차려야 한다. 내가 또 사로잡혔음을. 바로 생각을 돌이켜 지금 하는 일에 집중해야 한다. 이렇게 계속 연습하면 내 행동과 습관이 바뀐다. 그래서 운명이 바뀐다. 나의 생각, 감정 변화에 깨어 있어야 한다. 오늘도 잘 깨어 잘 쓰이겠습니다.

필사와 다짐

년 월 일

35 일

오늘의 글

친구 없이 고기를 먹는 것은 사자나
늑대의 삶과 다름이 없다.
– 에피쿠로스

Epicurus says:
"Life is good!
Make sure to
enjoy it."

이해하기

쾌락주의 창시자. 하지만 그가 말하는 쾌락은 방탕한 환락이 아니라, 모든 정신적 육체적 고통으로부터의 해방이다. 즉 마음이 동요되지 않고 평안한 상태, "아타락시아(평정심)"을 말한다. 그는 우정을 행복의 중요한 요소로 여겼다. 무엇을 먹고 마실까보다, 누구와 먹고 마실까가 중요. 최고의 안주는 사람이다. 오늘도 소중한 사람들에게 잘 쓰이겠습니다.

필사와 다짐

년 월 일

36 일

오늘의 글

사람으로 집을 지어요. 강한 사람의 기억으로 뼈대를 짓고, 마음이 넓은 사람의 기억으로 지붕을 올리고, 따뜻한 사람의 기억으로 실내를 합니다.

– 이병률

이해하기

행복한 내 삶의 집을 지어야 한다. 재료는 사람. 기둥은 강하고 믿음이 있는 사람. 지붕은 마음이 넓고 너그러운 사람. 실내는 따뜻하고 유쾌한 사람. 이런 사람들을 모으면 튼튼한 삶이 된다. 내가 찾아야 하고, 만들어야 하고, 잘 관리해야 한다. 사람이 내 인생의 집이요, 안식처다. 오늘도 그들에게 잘 쓰이겠습니다.

필사와 다짐

년 월 일

37 일

오늘의 글

불편함이 찾아올 때 피하지 말고 껴안아라. 불편함과 친숙해지는 만큼 네 삶은 자유로워질 것이다.

– 박노해

이해하기

자유란 무엇인가? 내가 하고 싶은 일을 마음대로 하는 것이 자유인가? 이 세상이 내 마음대로 되는가? 당연히 안된다. 그렇다면 이런 자유는 존재할 수 없다. 참 자유란 즐거워도 기꺼이 하지 않고, 불편해도 기꺼이 해버리는 것. 즉 즐거움과 불편함에 구속받지 않는 여여한 상태. 연습이 필요하다. 불편해도 기꺼이 해보자. 오늘도 잘 쓰이겠습니다.

필사와 다짐

년 월 일

38 일

오늘의 글

나는 부자연스런 모임보다
소박한 모임을 좋아한다.
– 니체

이해하기

이어지는 말. "그런데 소박한 모임도 때에 맞게 이루어지고, 때에 맞게 흩어져야 한다. 그래야 단잠에 이롭다." 철학자의 전형적 스타일. 문사철(문학, 사학, 철학) 인문학을 하는 사람들, 그들은 단체 활동을 싫어한다. 왜냐하면 나는 독립된 주체이기 때문. 소박하게 모여 내 마음을 나눌 수 있는 자리를 좋아한다. 소박한 모습으로 오늘도 잘 쓰이겠습니다.

필사와 다짐

년　　월　　일

39 일

오늘의 글

힘들고 어려운 일은 앞서서 헤쳐 나가고, 영광과 축하의 자리엔 뒤로 물러서야 한다.

– 만델라

이해하기

리더의 모습이다. 진정한 리더는 힘들고 어려운 일을 먼저 행하는 사람이다. 주변과 조직을 살펴보자. 힘들고 어렵고 하기 싫은 일을 가장 먼저 하는 사람이 누구인가? 지위, 연봉, 나이와 상관없이 모두가 하기 싫어하는 일을 가장 먼저 하는 사람이 리더다. 그리고 모두가 좋아하는 일은 조용히 물러선다. 나는 어떤가? 오늘도 잘 쓰이겠습니다.

필사와 다짐

년 월 일

40 일

오늘의 글

격투기 선수는 꼿꼿이 선 자세를 취하지 않는다. 낮은 자세로 공격에 대비하고 공격을 준비한다.

– 김탁환

이해하기

자세가 중요하다. 무게 중심을 결정하기 때문. 무게 중심이 높으면 불안정해 쉽게 쓰러지고, 힘도 쓸 수 없다. 무게 중심이 낮으면 위치 에너지가 낮아 안정적이고, 축적된 힘을 폭발적으로 사용할 수 있다. 낮은 자세는 배움의 자세요, 공격의 자세다. 몸과 마음의 자세를 낮춰야 한다. 오늘도 낮게 잘 쓰이겠습니다.

필사와 다짐

년 월 일

41 일

오늘의 글

지금도 인내하고 또 인내하며 살고 있어요. 화려함과는 거리가 멀죠.
– 손흥민

이해하기

이어지는 말, "제 모습이 화려해 보일지라도 현재의 겉모습일 뿐입니다. 어려웠던 날이 훨씬 많았어요. 제 인생에서 공짜로 얻은 건 하나도 없었어요. 드리블, 슈팅, 컨디션 유지, 부상 방지 등 전부 죽어라 노력해 얻은 결과물입니다." 이 세상에 공짜는 없다. 큰 성취는 큰 노력의 산물이다. 오늘도 인내하며 잘 쓰이겠습니다.

필사와 다짐

년 월 일

42 일

오늘의 글

좋은 지도자가 되는 방법은 사람들의 좋은 면을 발견해서 항상 칭찬하는 것이다.

– 리차드 브랜슨

이해하기

영국 버진 그룹 회장. "어떤 경우에도 사람에 대한 비판은 하지 마라."고 강조한다. 만물은 다면이 있고, 반드시 좋은 면이 있다는 사실을 아는 것이 지혜다. 그 좋은 면을 발견할 수 있는 것은 능력이다. 그리고 일은 비판하되, 사람은 비판하지 마라. 이 또한 큰 지혜다. 좋은 면을 찾고 칭찬도 아끼지 말자. 오늘도 잘 쓰이겠습니다.

필사와 다짐

년 월 일

43 일

오늘의 글

고학력 낙오자로 가득하다.
전능의 힘을 가진 것은 끈기와
투지뿐이다.
– 레이 크록

이해하기

학력이 아니라 실력의 시대. 실력은 현장에서 사용할 수 있는 진짜 힘이다. 진짜 힘은 책상에서 학습으로 얻어지는 것이 아니라, 현장에서 부딪치고 느끼고 체험함으로써 얻어지는 경험의 힘이다. 어렵고 힘들어도 꾸준히 버틸 수 있다면, 그 힘은 고도화되고 강해진다. 끈기와 투지가 중요한 이유다. 오늘도 꾸준히 잘 쓰이겠습니다.

필사와 다짐

년 월 일

44 일

오늘의 글

끝없이 높아만 보이던 오르막길도 때가 되면 내리막길로 바뀌고, 편하게 내려오다 보면 다시 오르막길이 펼쳐집니다.

– 최불암

이해하기

대한민국 대표 아버지. 이어지는 말, "현명하게 살려면 오르막과 내리막을 당연하게 받아들여야 합니다. 그리고 항상 건강한 몸, 긍정적인 마음으로 꾸준히 나아가면 내 삶의 주인공이 됩니다." 오르막 내리막의 이치를 알고, 긍정과 감사의 마음으로 꾸준히 나아간다. 오늘도 잘 쓰이겠습니다.

필사와 다짐

년 월 일

45 일

오늘의 글

후회하기 싫으면 그렇게 살지 말고,
그렇게 살거면 후회하지 마라.
– 이문열

이해하기

지금 후회하고 있다면 뭔가 잘못된 것이다. 2가지 방법이 있다. 하나는 삶의 방식을 바꾸는 것. 다시는 이런 후회를 만들지 않기 위해서. 다른 하나는 과보를 기꺼이 받는 것. 이 경우 그냥 살던 대로 살아도 아무 문제가 없다. 선택이다. 삶을 바꾸던지, 생각을 바꾸던지. 오늘도 후회없이 잘 쓰이겠습니다.

필사와 다짐

년　　월　　일

46일

오늘의 글

건강해서 일을 하는 게 아니라,
일을 하니 건강해진다.
– 김형석

이해하기

100세 철학자가 경험을 통해 말하는 건강 비법이다. 돈 버는 일이 아니어도 내가 가치 있다고 느끼는 것은 모두 일이다. 봉사도 좋고, 운동도 좋고, 취미 활동도 좋고, 책 읽기도 좋고, 모여서 수다 떨기도 좋다. 내가 좋아하고 가치 있는 일을 하면 건강해진다. 죽을 때까지 건강하게 살고 싶다면 일을 해야 한다. 오늘도 잘 쓰이겠습니다.

필사와 다짐

년 월 일

47 일

오늘의 글

바흐는 모차르트, 모차르트는 베토벤이 선배이자 멘토였다. 재능이 아무리 뛰어나도 좋은 스승을 만나야 꽃을 피울 수 있다.

– 문갑식

이해하기

자신이 원하는 사람이 되기 위한 가장 효과적인 방법은 그런 사람을 스승으로 삼는 것이다. 훌륭한 음악가가 되고 싶다면 훌륭한 음악가와 놀고, 부자가 되고 싶다면 부자와 놀고, 현인이 되고 싶다면 현인과 놀면 된다. 그 사람의 생각, 말, 행동을 그냥 따라하면 된다. 방법은 쉬우나 실천이 어렵다. 스승, 멘토가 있는가? 오늘도 잘 쓰이겠습니다.

필사와 다짐

년　　월　　일

48 일

오늘의 글

나는 돈을 벌기 위해 만화영화를 만든 게 아니라, 만화영화를 만들기 위해 돈을 법니다.

– 월트 디즈니

이해하기

큰 부를 이룬 사람들의 공통된 특징은 목적이 돈이 아니라 일 자체다. 그 일이 즐겁고 가치를 느끼기에 열정과 꾸준함으로 계속 성장해 간다. 돈은 그 과정의 부산물일 뿐. 내가 좋아하는 일을 해야 하는 이유다. 계속 찾아야 한다. 내가 무엇을 좋아하는지. 이 일들로 인생을 채워야 한다. 오늘도 기쁘게 잘 쓰이겠습니다.

필사와 다짐

년 월 일

49 일

오늘의 글

여자는 사랑한다는 말을 가장 듣고 싶어 하고, 남자는 자신을 인정해 주는 말을 가장 듣고 싶어 한다.
– 권시우

이해하기

남자와 여자의 특징을 잘 표현했다. 사랑은 여자에게, 인정은 남자에게 강력히 각인된 유전적 성질이다. 인류가 진화하며 남녀 역할에 따라 만들어진 자연스러운 감정이다. 행복을 주고 싶다면 여자에게는 사랑의 말을, 남자에게는 인정의 말을 해주면 된다. 당장 실천해보자. 오늘도 가볍게 잘 쓰이겠습니다.

필사와 다짐

년 월 일

50 일

오늘의 글

경기 도중 '하고 싶은 샷', '할 수 있는 샷', '해야 하는 샷'을 놓고 갈등할 때가 많다. 그럴 때마다 '하고 싶은 샷'을 우선 절제했다.

– 고진영

이해하기

2019년 LPGA 세계 1위 골퍼의 고백. 일도 3가지가 있다. 하고 싶은 일, 할 수 있는 일, 해야 하는 일. 일에도 순서가 있다. 첫째, 생존을 위해 해야 하는 일을 한다. 둘째, 효율을 위해 잘할 수 있는 일을 한다. 셋째, 행복을 위해 하고 싶은 일을 한다. 최종 목표는 하고 싶은 일을 하며 사는 것이다. 조금씩 늘려가자. 오늘도 잘 쓰이겠습니다.

필사와 다짐

년 월 일

51 일

오늘의 글

미켈란젤로가 87세에 시스티나 성당 천장화를 완성 후, 구석에 적은 글 "Ancora Imparo - 나는 아직 배우고 있다."

– 법산

이해하기

나는 아직 배우고 성장하고 있다. 87세 노구의 외침이다. 이런 삶의 자세였기에 위대한 예술가가 되었다. 102세 철학자 김형석 교수도 인생을 돌이키며, 90세까지는 성장하는 것 같다고 말한다. 성장의 핵심은 끊임없는 배움이다. 죽을 때까지 배우며 성장하자. 오늘도 배움의 자세로 잘 쓰이겠습니다.

필사와 다짐

년 월 일

52 일

오늘의 글

잘 모르고 무식한 사람이 신념을 가지면 무섭습니다. 평생 책 한 권만 읽은 사람이 가장 무섭습니다.
– 이경규

이해하기

맹목적 신념은 정말 무섭다. 테러, 폭력, 전쟁, 인간의 모든 비극이 이런 신념에서 비롯된다. 조직에서도 이런 사람이 구성원들을 힘들게 하고, 조직을 위태롭게 한다. 그런데 본인은 너무도 당당하다. 신념은 오로지 나를 향할 뿐, 절대 상대로 향하면 안 된다. 절대 강요하면 안 된다. 고집하지 않고 오늘도 잘 쓰이겠습니다.

필사와 다짐

년　　월　　일

53 일

오늘의 글

현대인의 중병은 비만이다. 몸의 비만은 뚱뚱함으로, 마음의 비만은 고통으로 나타난다. 모두 들어오는 것에 비해 잘 내보내지 못해 생긴다.

– 상형철

이해하기

비만은 WHO(세계보건기구)가 규정한 현대 인류의 심각한 병이다. 왜냐하면 약이 없기 때문. 기아, 굶주림은 음식으로 고칠 수 있다. 하지만 비만은 어떤 약이나 수술로도 치료할 수 없다. 오로지 식습관을 바꿔야 한다. 절제하여 적게 먹고, 많이 활동하는 길 외에 방법이 없다. 습관을 바꾸는 일은 매우 어렵다. 그래서 심각한 병이다. 오늘도 필사와 다짐을 하는 이유. 절제하며 잘 쓰이겠습니다.

필사와 다짐

년 월 일

54 일

오늘의 글

상대의 마음을 살펴야 바르게 소통할 수 있다. 말의 형태에 핵심을 놓치지 마세요.

– 용수

이해하기

바르게 소통한다는 것은 상대의 마음과 교감을 하는 것. 왜 이런 말, 이런 행동을 하는지 그 마음을 헤아려 보아야 한다. 그 마음을 보면 말과 행동이 아무리 험악해도 이해할 수 있다. 말과 행동, 그 자체를 보지 말고 그 사람의 마음을 볼 수 있어야 진정한 소통이다. 상대의 마음을 살피며 오늘도 잘 쓰이겠습니다.

필사와 다짐

년　　월　　일

55 일

오늘의 글

세상을 공부하면 걱정하게 되고,
걱정하면 준비하게 되고,
준비하면 생존할 수 있다.
– 짐 로저스

이해하기

세계 3대 투자가의 철학, "공부해라." 세상이 어떤 원리로 돌아가고 있는지? 돌리는 힘이 무엇인지? 그 힘은 누가 가지고 있는지? 그러면 어디에 투자할지 명확해진다. 돈을 버는 일이든, 출세하는 일이든, 생존하는 일이든 핵심은 공부다. 원리와 이치를 알아야 한다. 오늘도 공부하는 자세로 잘 쓰이겠습니다.

필사와 다짐

년 월 일

56 일

오늘의 글

목표가 없으면 집중할 수 없다.
매일 구체적인 목표를 세워라.
– 이승헌

이해하기

매일의 목표가 있는가? 매일 해야 할 일은 누구나 있다. 그런데 그 일은 목표가 아니다. 그 일을 얼마나 할지? 얼마나 잘할지? 언제까지 할지? 새로운 방법을 시도해 볼지? 그 일을 대충하고 다른 일을 할지? 일을 시작하기 전에 반드시 오늘의 목표를 확인해야 한다. 그리고 쭉 하면 된다. 성과는 이렇게 만들어진다. 오늘도 잘 쓰이겠습니다.

필사와 다짐

년　　월　　일

57 일

오늘의 글

롤모델이 왜 필요해? 나는 나 같이 살면 돼. 모두 처음 살아보는 오늘이니 완벽하지 않아도 돼.
– 윤여정

이해하기

영화 데뷔 55년째인 2021년 〈미나리〉로 세계적인 배우로 등극했다. "그냥 너답게 살라"는 말에 젊은 사람들이 열광한다. "깐깐하고 직설적인 나만의 모습이 지금의 나를 만들었어요. 여러분들도 당신의 모습으로 자신 있게 사세요." 가장 나다운 것이 가장 큰 경쟁력이 되는 시대. 나답게 살자. 오늘도 잘 쓰이겠습니다.

필사와 다짐

년　　월　　일

58 일

오늘의 글

나와 비슷한 사람과는 손잡지 않는다.
나와 같으면 둘이 필요 없기 때문이다.
– 혼다

이해하기

마쓰시타, 이나모리 회장과 함께 일본 경영의 신으로 존경받는다. "실패하는 것을 두려워하기보다, 아무것도 하지 않는 것을 두려워하라." 실패가 두려워 몸을 사리는 것보다, 되든 안 되든 부딪혀 보는 열정과 도전을 중요시 하였다. 비슷하고 편안한 사람이 아닌, 다르고 어색한 사람들과 기꺼이 함께 가라고 강조한다. 오늘도 잘 쓰이겠습니다.

필사와 다짐

년 월 일

59 일

오늘의 글

책을 읽고 또 읽어라. 좋은 스승을 만나는 데는 한계가 있다.
책이 최고의 스승이다.

– 조정래

이해하기

한 사람의 인생, 사상, 가치관, 모든 것이 녹아 있는 것이 책이다. 책은 사람이다. 좋은 책은 좋은 사람이다. 나에게 깨달음과 가르침을 주는 책은 스승이다. 훌륭한 많은 스승을 모시고 싶다면 고전을 많이 읽어라. 수백 수천 년 동안 살아있는 책, 고전은 검증된 스승이다. 오늘도 정성스럽게 필사와 다짐을 한다. 잘 배워 잘 쓰이겠습니다.

필사와 다짐

년 월 일

60 일

오늘의 글

네가 어떤 삶을 살든 나는 너를 응원할 것이다.

– 공지영

이해하기

이어지는 말, "너는 아직 젊고 많은 날이 남아 있단다. 그것을 믿어라. 거기에 스며 있는 천사들의 속삭임과 세상 모든 엄마 아빠의 응원 소리와 절대자의 따뜻한 시선을 잊지 말아라." 우리 자식들에게 꼭 해줘야 하는 말이다. "엄마, 아빠는 네가 어떤 삶을 살든 너를 응원한단다." 오늘도 잘 쓰이겠습니다.

필사와 다짐

년 월 일

61 일

오늘의 글

해야 할 목록이 아닌, 하지 않아도 될 목록을 만드는 게 중요하다.
– 권오현

이해하기

과거부터 늘 하던 일이 정말 필요한가? 잘 따져 보아야 한다. 시간은 한정되어 있다. 새로운 변화를 위해서는 시간을 확보해야 하는데, 기존의 일들을 그냥 놔두고 새로운 일을 하기는 쉽지 않다. 불필요한 일을 덜어내야 한다. 덜어내야 채울 시공간이 생기고 새로움을 만들 수 있다. 중요하지 않은 일은 확실히 덜어내자. 오늘도 잘 쓰이겠습니다.

필사와 다짐

년 월 일

62 일

오늘의 글

바쁜 사람일수록 더 열심히 운동하고,
열심히 일하는 사람일수록 더 여유롭다.
– 법산

이해하기

아이러니하게 운동을 열심히 하는 사람, 여유롭게 즐길 줄 아는 사람은 열심히 일하는 사람이다. 한가한 사람, 게으른 사람일수록 운동하지 않고 여유롭지도 않다. 이유는 운동과 휴식이 에너지를 보충하는 활동이기 때문. 열심히 일하고 여유롭게 쉬자. 오늘도 여유롭게 잘 쓰이겠습니다.

필사와 다짐

년 월 일

63 일

오늘의 글

연습실에 들어서면 어제 했던 연습보다 강도 높은 연습을 1분이라도 더 하기로 마음 먹는다.
– 강수진

"하지만 어느 때부터 20분을 채우고
더 나아가 21분 동안 해냈을 때 나는 달라져요"

이해하기

동양 최고 발레리나의 연습 비법은 어제보다 단 1분이라도 더 강하게 연습하는 것. 그래야 어제보다 나은 오늘의 나를 만들 수 있기 때문이다. 경쟁자는 외부 사람이 아니라 어제의 나라고 늘 그녀는 말한다. 어제보다 조금이라도 강하게 오늘을 사는 것이 나를 성장, 발전시키는 방법. 1분이면 족하다. 오늘도 집중하여 잘 쓰이겠습니다.

필사와 다짐

년 월 일

64 일

오늘의 글

사람의 능력 차이는 최대 5배, 하지만 의식의 차이는 100배까지 벌어진다.

– 노리아키

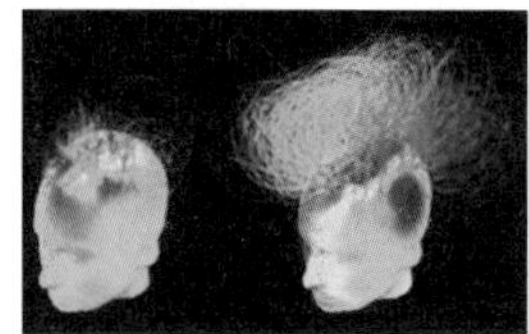

이해하기

능력 향상을 위해서는 오랜 시간 많은 노력이 필요하다. 어려운 일이다. 하지만 의식 향상은 많은 시간과 노력이 필요치 않다. 생각의 습관만 바꿔 주면 된다. 부정에서 긍정으로, 욕심에서 감사로. 강한 사람, 강한 기업은 높은 의식(긍정과 감사의 습관)을 가지고 있다. 오늘도 필사와 다짐을 하는 이유. 긍정과 감사로 잘 쓰이겠습니다.

필사와 다짐

년 월 일

65 일

오늘의 글

신체적으로 건강한 사람이 오래 사는 것이 아니라, 무리하지 않는 사람이 오래 사는 것 같습니다. 항상 조심조심 미리미리 하세요.
– 김형석

이해하기

102세 김형석 교수 어머님의 소원은 큰아들 형석이가 20살까지만 살아있는 것을 보는 것이었다. 그만큼 약골이었고 잘 까무러쳤다고 한다. 그래서 그의 건강 비법이 "절대 무리하지 않는다. 미리미리 한다." 자동차의 수명도 연식이 아니라, 마일리지인 것처럼 조심하고 무리하지 않는다. 가볍게 꾸준히 오늘도 잘 쓰이겠습니다.

필사와 다짐

년 월 일

66 일

오늘의 글

돈은 차에 기름과 같다. 신경 안 쓰면 도로 한복판에 멈추는 신세가 된다. 하지만 주유소를 돌아다니는 것이 성공한 삶은 아니다.

– 오라릴리

이해하기

멋진 비유다. 돈은 차의 기름과 같아 나에게 행동의 자유를 부여한다. 내 삶의 공간을 넓혀주고, 풍요로운 체험을 가능케 한다. 하지만 돈 차체에 집착해 기름을 쌓아 놓기만 하는 것은 어리석은 일이다. 돈은 내 인생의 차를 자유롭게 움직이게 하는 수단이지 목적이 아니다. 차로는 경차가 좋다. 오늘도 자유롭게 잘 쓰이겠습니다.

필사와 다짐

년 월 일

67 일

오늘의 글

민주주의는 선거다. 선거는 누굴 뽑기 위해서가 아니라, 누굴 뽑지 않기 위해 하는 것이다.
– 아담스

이해하기

중요한 관점이다. 보통 내가 좋아하는 사람, 좋아하는 일을 위해 행동을 한다. 내가 좋아하는 사람이 없거나, 좋아하는 일이 없으면 행동을 포기한다. 하지만 현명한 사람은 최악을 피하기 위해 행동한다. 비록 좋아하지 않더라도, 나와 사회에 최악의 결과를 막기 위해 행동한다. 최선이 아니어도 차선, 차악을 선택한다. 오늘도 현명하게 잘 쓰이겠습니다.

필사와 다짐

년 월 일

68 일

오늘의 글

본 모습을 드러내라.
실수하는 모습, 솔직히 인정하는
모습을 보여주라.
– 대니얼 코일

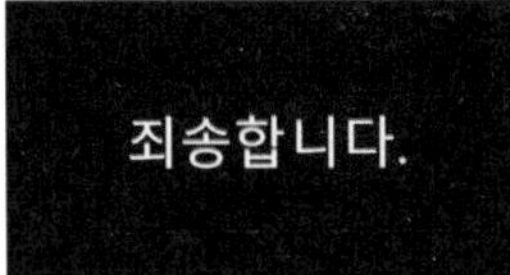

이해하기

이어지는 말. "상대방이 들어올 여지를 만들어 주라. 화합과 팀워크는 이렇게 만들어진다." 본 모습을 보여주지 않는다. 완벽한 모습만을 강요한다. 실수를 인정하지도 않는다. 그렇게 되면 화합과 팀워크는 만들어질 수 없다. 화합과 팀워크는 이성이 아닌 감성으로 만들어진다. 솔직히 드러내며, 쿨하게 인정하며, 가볍게 살자. 오늘도 잘 쓰이겠습니다.

필사와 다짐 년 월 일

69일

오늘의 글

잠들기 전 꼭 4시에 일어나야 한다고 마음먹기를 반복하면 일어나는 것이 훨씬 쉽다.

– 원영

이해하기

잠이 많던 시절 스님의 아침 일어나기 노하우, 마음먹기를 반복하는 것이다. 하기 싫은 일인데 꼭 해야 하는 경우, 아주 효과적인 방법이다. 싫다싫다가 아니라 좋다좋다로 마음먹기를 계속하면 실제 좋아진다. 마음 작용, 뇌 작용의 원리로, 계속 반복하면 바뀐다. 오늘도 필사와 다짐을 하는 이유. 좋은 마음으로 잘 쓰이겠습니다.

필사와 다짐

년 월 일

70 일

오늘의 글

나쁜 일이 생기면 나 때문에,
괜찮은 일이 생기면 우리 때문에,
정말 좋은 일이 생기면 당신 때문에,
사람을 얻은 비법이다.

– 폴 브라이언트

어느 곳에서든 주인이 되어라
임제록 (臨濟錄)

이해하기

좋은 일이 생길 때, 다른 사람들 덕분이라고 공을 넘기는 것은 크게 어렵지 않다. 하지만 나쁜 일이 생길 때, 나 때문이라고 책임지는 사람은 많지 않다. 주인 의식이 없기 때문. 진정한 주인만이 어려울 때 책임을 진다. 이런 사람을 사람들은 주인으로 섬긴다. 주인이 되어야 사람을 얻는다. 오늘도 주인으로 잘 쓰이겠습니다.

필사와 다짐

년 월 일

71 일

오늘의 글

오늘 주어진 힘은
오늘 다 쓴다.
– 김종국

이해하기

연애인 근육 왕이며 운동 매니아의 일성. 힘은 쓸수록 커진다. 많이 쓸수록 더욱 세진다. 숨을 깊게 마시기 위해서는 숨을 많이 내뱉어야 하는 원리와 같다. 오늘 주어진 힘을 다 써야 내일 그 이상의 새로운 힘이 생긴다. 오늘 힘은 아끼지 말고 오늘 다 쓰자. 오늘도 부지런히 잘 쓰이겠습니다.

필사와 다짐

년　　월　　일

72 일

오늘의 글

어떻게 돈을 벌 수 있을까 생각 말고,
어떻게 사람들에게 도움이 될 수 있을까 생각하라. 이것이 돈 버는 길이다.
– 이재호

이해하기

물건이든 서비스든 도움이 될 때, 돈을 지불하고 구매한다. 돈을 벌기 위한 핵심 가치는 남에게 도움이 될 수 있느냐. 돈 버는 길은 어떻게 하면 고객을 기쁘게 만족시킬 수 있을 것인가를 생각해 실행하는 것이다. 사업의 핵심은 어떻게 돈을 벌 것인가가 아니라, 어떻게 도움과 즐거움을 줄 것인가. 오늘도 잘 쓰이겠습니다.

필사와 다짐

년　　월　　일

73 일

오늘의 글

칭찬에 익숙하면 비난에 마음이 흔들리고, 대접에 익숙하면 푸대접에 마음이 상한다. 문제는 익숙해져 길들여진 내 마음이다.
– 김구

이해하기

익숙해져 길들여지면 당연한 일로 여긴다. 칭찬과 대접은 감사한 일이지, 절대 그것으로 나를 삼으면 안 된다. 비난과 푸대접은 단지 그런 일일 뿐, 절대 이것으로 나를 삼으면 안 된다. 상대의 말과 대접에 휘둘리거나, 길들여지면 안 된다. 나는 종이 아니라 주인이기 때문. 오늘도 당당히 잘 쓰이겠습니다.

필사와 다짐

년　　월　　일

74일

오늘의 글

미소는 성격이 아니라 능력이다. 이를 능력이라고 받아들이는 순간, 훈련의 대상이 된다.
– 노부유키

이해하기

미소와 웃음은 습관이다. 잘 미소 짓고, 잘 웃는 사람이 있는 반면 그렇지 않은 사람도 많다. 습관은 바꿀 수 있다. 하지만 바꾸기가 쉽지 않다. 꾸준한 연습과 훈련이 필요하다. 어떤 습관을 가지고 있는가는 어떤 능력을 가지고 있는가와 같은 말이다. 좋은 습관은 뛰어난 능력이다. 오늘도 필사와 다짐을 하며, 잘 쓰이겠습니다.

필사와 다짐

년 월 일

75 일

오늘의 글

모든 불행은 듣지 않음으로 시작됨을 모르지 않으면서, 잘 듣지 않고 내 말만 하는 비극의 주인공이 나였구나.

– 이해인

이해하기

모든 불행은 제대로 보지 못하고, 제대로 듣지 못함에서 비롯된다. 있는 그대로의 모습을 보지 못하고, 있는 그대로의 마음을 듣지 못하기 때문. 내 말만 하고 상대의 마음을 듣지 못하는 사람을 비극의 주인공이라 말한다. 잘 듣자. 상대의 마음이 어떤지 잘 헤아려보자. 오늘도 잘 들으며 잘 쓰이겠습니다.

필사와 다짐

년 월 일

76 일

오늘의 글

잘 쉬는 것도 경쟁력이다. 방전된 에너지를 다시 잘 충전시키는 일은 중요한 기술이다.

– 법산

이해하기

전자제품, 자동차에서 배터리는 동력의 원천이며 핵심 기술이다. 강력한 파워를 내는 것도 중요하지만, 소모된 파워를 빠른 시간에 재충전하는 일은 배터리의 핵심 능력이다. 잘 쉬어야 한다. 여기서 쉼은 에너지를 충전하는 일이지, 고갈시키는 일이 아니다. 그리고 최고의 쉼터는 자연이다. 오늘도 편안히 잘 쓰이겠습니다.

필사와 다짐

년 월 일

77 일

오늘의 글

사회에 나가 어떻게 성공해 잘 살 수 있는가에 초점을 맞추지 말고, 더 나은 세상을 위해 내가 어떻게 쓰일 것인가를 생각하라.
– 오프라 윈프리

이해하기

성공은 행복을 위한 수단이다. 삶의 초점은 수단이 아닌 목적, 행복에 맞춰야 한다. 성공해야 행복해지는 것이 아니라, 이 세상에 행복이 넘쳐나고 있음을 자각해야 한다. 내가 하는 말, 행동, 일들이 이 세상을 행복하게 만드는 일임을 자각해야 한다. 내가 이 세상 행복의 원천이다. 오늘도 행복하게 잘 쓰이겠습니다.

필사와 다짐

년 월 일

78 일

오늘의 글

"신중해"라는 조언은 위대한 성취를 위해 노력하는 사람에게 가장 해로운 조언이다.

– 스태비청

이해하기

"신중해"라는 2가지 상황이 있다. 일을 시작할 때와 일하는 과정. 위대한 일은 시작하기 어렵다. 이런 일을 도전할 때 "신중해"라는 말은 도움이 되지 않는다. 일을 시작해 한발한발 나아 갈 때 "신중해"라는 말은 유익한 조언이다. 위대한 시작은 과감해야 하고, 과정은 집요하고 신중해야 한다. 오늘도 잘 쓰이겠습니다.

필사와 다짐

년 월 일

79 일

오늘의 글

나의 사랑이 머리에서 가슴으로
내려오는데 70년이 걸렸다.
사랑하고 사랑하세요.
– 김수환

이해하기

추기경님의 유언 같은 말씀. "머리로 알던 사랑이 내 가슴까지 내려오는데 70년이 걸렸다. 70년 동안 살아 보니 남는 것은 사랑뿐이다. 부디 사랑하고 사랑하세요." 삶의 목적은 행복이고, 여기에 이르는 길은 사랑이다. 그리고 사랑이 넘치는 상태가 행복이다. 사랑하고 사랑하자. 사람, 일, 꽃, 강아지… 오늘도 사랑으로 잘 쓰이겠습니다.

필사와 다짐

년 월 일

80 일

오늘의 글

매일매일 1%씩 나아진다는 목표로 살아라. 그러면 1년 후 당신은 38배 성장할 것이다.

– 와다이치로

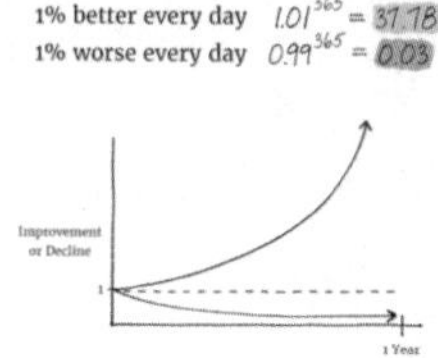

이해하기

매일매일 1%가 365일이 지나면 지금의 38배가 된다. 복리의 힘이다. 아주 작은 변화와 성장이 오랜 시간 지속되면 엄청난 결과를 만들어 낸다. 오늘도 필사와 다짐을 하는 작은 일이 365일이 지나면 엄청난 변화를 만드는 원리이다. 하루 한순간을 하찮게 여기면 안 된다. 꾸준함의 결과는 복리로 나타난다. 오늘도 꾸준히 잘 쓰이겠습니다.

필사와 다짐

년 월 일

81 일

오늘의 글

어려운 결정 때마다 '인간으로서 무엇이 옳은가?' 라는 기준으로 판단하고 행동했다.

– 이나모리

"인간으로서
올바른 일인가?"
Inamori Kazuo

이해하기

인생에 수많은 선택과 결정의 순간들이 있다. 이때 분명한 기준을 가지고 있다면, 선택과 결정이 어렵지 않을 것이다. 일본 경영의 신 이나모리 가즈오 회장의 기준을 추천한다. 인간적으로, 양심적으로, 공익적으로 더 옳은 일을 선택하고 행동한다. 오늘도 인간으로서 잘 쓰이겠습니다.

필사와 다짐

년 월 일

82 일

오늘의 글

물고기는 언제나 입으로 낚인다. 사람도 입으로 낚인다. 말하기를 좋아하는 사람은 반드시 입으로 낚인다.

– 탈무드

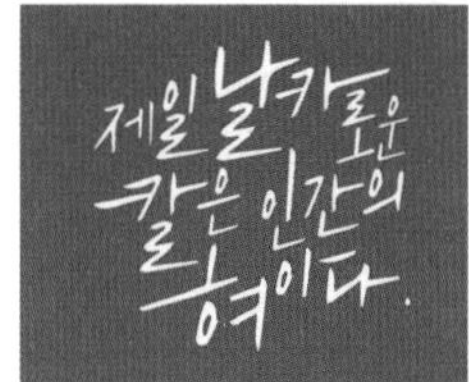

이해하기

입에 대한 경계다. 물고기가 낚이는 이유는 맛있는 낚시밥을 참지 못하기 때문이고, 사람이 낚이는 이유는 너무 많은 말을 뱉기 때문이다. 두 가지 모두 조심해야 한다. 하나는 음식이고, 하나는 수다다. 절제하지 못하면 몸과 마음에 많은 피해를 입고 입힌다. 입을 조심하고 경계하자. 오늘도 말을 절제하며 잘 쓰이겠습니다.

필사와 다짐

년 월 일

83일

오늘의 글

대장부가 세상에 나서 쓰이면 혼신을 다 할 것이요, 쓰이지 못하면 농사짓고 살아도 족할 것이다.

– 이순신

대장부

부귀도 그의 마음을 혼란시키지 못하고
무력으로도 그를 굴복시키지
못하게 되어야 대장부다.

이해하기

맹자 왈, "대장부(大丈夫)란 천하의 바른 지위에 서서, 천하의 큰 도를 행해는 사람이다. 그리하여 뜻을 이루면 백성과 더불어 말미암고, 뜻을 얻지 못하면 홀로 그 도를 행한다. 부귀하여도 능히 음란하지 않고, 빈천하여도 능히 지조를 잃지 않으며, 위엄과 힘을 가지고도 능히 숙일 수 있는 사람이다." 대장부로 살자. 오늘도 당당히 잘 쓰이겠습니다.

필사와 다짐

년　　월　　일

84 일

오늘의 글

21세기 문맹인은 읽고 쓸 수 없는 사람이 아니라, 새로운 것을 배울 수 없는 사람이다.

– 앨빈 토플러

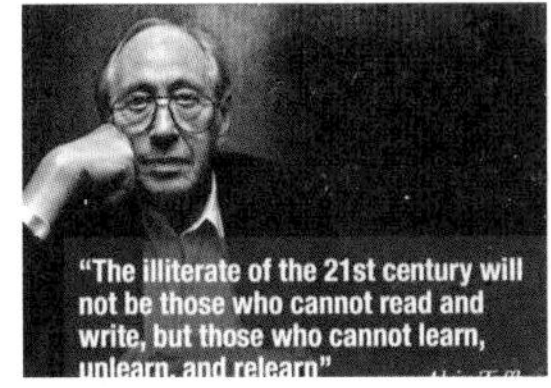

"The illiterate of the 21st century will
not be those who cannot read and
write, but those who cannot learn,

이해하기

21세기 변화의 속도가 엄청 빠르기 때문이다. 디지털, 4차 산업혁명의 핵심은 인간의 육체적, 정신적 능력을 로봇과 AI가 빠르게 대체하는 것. 이러한 변화에 적응하지 못하면 인간적 자유와 존엄을 영위하기 어려운 시대가 되었다. 새로운 것을 배우고 적응하지 못하면, 과거 문맹인과 같은 속박된 삶을 살 것이다. 그런데 어렵지 않다. 고집하지 말고 가볍게 배우면 된다. 오늘도 배우며 잘 쓰이겠습니다.

필사와 다짐

년 월 일

85 일

오늘의 글

편안하면서 존경받는 삶은 없다. 비겁하게 편안하게 살 것인가. 소신을 지키며 불편하게 살 것인가.
– 유시민

이해하기

존경받는 삶은 수고로움을 감수한다. 남들을 위한, 사회를 위한, 인류를 위한 수고로움을 기꺼이 감수하는 사람을 존경한다. 이런 수고로움과 봉사를 편안하게 하는 사람이 있다. 이들을 '수행자'라고 한다. 불편하고 힘들면 오래 하기 어렵다. 편안하게 내가 할 수 있는 만큼 꾸준히 하면 된다. 결국 존경도 받게 된다. 오늘도 편안히 잘 쓰이겠습니다.

필사와 다짐

년 월 일

86 일

오늘의 글

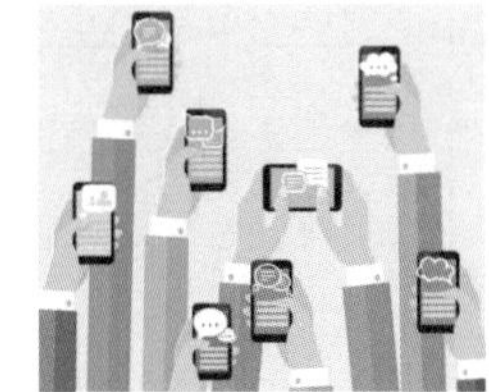

쓴 글을 가져오라. 당신이 어떤 사람인지 이야기해 주겠다. 나는 말보다 글을 믿고 글보다 행동을 믿는다. 쓴 글대로 행하고자 애쓰는 사람과 벗하고 싶다.
– 김탁환

이해하기

내 모습이 발현되는 강도는 말이 가장 약하고, 다음이 글이고, 마지막이 행동이다. 행동을 보면 그 사람이 어떤 사람인지 바로 알 수 있다. 글을 보아도 여실히 알 수 있다. SNS상에서 어떤 글을 쓰고, 어떻게 반응하는지를 살펴보자. 말보다 훨씬 정확히 파악할 수 있다. 오늘부터 SNS에 부정적인 글은 안 쓰기로 하자. 바른 행동으로 오늘도 잘 쓰이겠습니다.

필사와 다짐

년 월 일

87 일

오늘의 글

피아니스트가 피아노 줄을 정기적으로 조율하듯, 인생도 몸과 마음에 늘어진 줄을 정기적으로 팽팽히 당겨야 한다.

– 이승헌

이해하기

시간이 지나면 피아노 줄이 늘어지듯, 몸과 마음도 늘어진다. 우리가 잠을 자는 이유도 지친 몸과 마음을 다시 생생하게 회복하기 위함이다. 회복을 위해 매일 잠을 자는 것처럼 매주, 매달, 매년 정기적으로 팽팽함을 위한 조율의 시간을 가져야 한다. 명상, 등산, 관람, 여행 등의 의식이 필요한 이유다. 오늘도 잘 쓰이겠습니다.

필사와 다짐

년 월 일

88 일

오늘의 글

리더의 자리는 권리를 누리는 자리가 아니라, 책임을 지는 자리다.

– 김재철

리더란?

자신을 믿고 따르는 개인이나 조직을 보호하고 책임지는 사람

이해하기

승진하거나, 지위가 올라가면 좋아한다. 월급이 많아지고 권한도 커지기 때문. 하지만 세상에 공짜는 없다. 그만큼의 책임과 역할도 커지고 압박감도 커진다. 지위가 높다고 좋은 것이 아니고, 지위가 낮다고 나쁜 것도 아니다. 각자의 위치에서 자신의 역할에 최선을 다할 뿐이다. 오늘도 나에게 주어진 일에 최선을 다하며, 잘 쓰이겠습니다.

필사와 다짐

년 월 일

89일

오늘의 글

끝없는 학습과 성장에 대한 열정이 있으면 90대도 젊은이요, 열정을 상실한 채 학습하지 않으면 20대도 늙은이다.

– 김형석

이해하기

젊은이와 늙은이의 기준을 명확히 말하고 있다. 젊을 때는 무엇이든 신기하고 호기심이 많다. 학습에 대한 열정이 높아 계속 성장하기에 젊은이라 부른다. 하지만 나이를 먹으면 호기심도 열정도 떨어져 학습하지 못하기에 늙은이라 부른다. 젊음을 유지하는 비법은 끊임없는 학습 열정. 죽을 때까지 배울 수 있다면, 죽을 때까지 젊은이다. 오늘도 배우며 잘 쓰이겠습니다.

필사와 다짐

년 월 일

90 일

오늘의 글

사업은 많은 사람들에게 크게 베푸는 일이다. 자기 이익만을 좇아 돈 버는 일은 사업이 아니라 장사다.

– 박도봉

이해하기

사업과 장사는 다른 말이다. 왜냐하면 목적이 다르기 때문. 사업은 돈이 아니라 베풂을 목적으로 한다. 장사는 베풂이 아니라 돈을 목적으로 한다. 목적이 다르기에 큰 사업가는 생겨도 큰 장사꾼은 생길 수 없다. 사업가인가? 장사꾼인가? 장사꾼이라면 큰 부자가 되는 꿈은 꾸지 말아야 한다. 오늘도 베풀며 잘 쓰이겠습니다.

필사와 다짐

년 월 일

91 일

오늘의 글

세상을 보는 것, 시각장애인에게는 기적이다. 새소리를 듣는 것, 청각장애인에게는 엄청난 기적이다.

– 그로스만

"당연한 것은 없다. 살아있음이 기적이다."

누가복음 13장 1-5절

이해하기

대부분 사람들에게 이 기적들은 매일매일 벌어지고 있다. 못 느끼며 살 뿐이다. 기적은 먼 이야기가 아니라, 바로 지금 여기에 있다. 다쳐서, 아파서, 슬퍼서, 어제까지 불가능했던 일들이 다시 가능하게 되면, 그것이 기적이다. 건강히 살아 있음은 엄청난 기적이다. 오늘도 기적을 즐기며 잘 쓰이겠습니다.

필사와 다짐

년 월 일

92 일

오늘의 글

뛰어난 사람의 지혜와 경험을 몇 만 원에, 몇 시간이고 독점할 수 있는 독서는 그 자체로 최고의 학습법이다.
– 김상경

이해하기

지속적인 문명의 발전이 가능한 이유는 책 때문이다. 인류의 소중한 지식과 지혜를 축적해 전승시켰다. 즉 양질의 데이터베이스(DB)가 책으로 구축되어, 그 기반 위에 새로운 지식과 경험을 쌓아, 지금의 현대 문명을 이루고 있다. 개인에게도 책은 성장과 발전을 위한 최고의 선물. 오늘도 필사와 다짐을 정성스럽게 하며, 잘 쓰이겠습니다.

필사와 다짐

년 월 일

93 일

오늘의 글

6.6 한방에 정신이 확 들었다.
정신을 바짝 차리고, 이를 악물고
집중했다.
– 진종오

이해하기

2016년 브라질 리우데자네이루 올림픽 남자 사격 50m 권총 결선에서 6.6이라는 큰 실수를 했다. 하지만 정신을 차리고 다시 집중. 한발한발 조금씩 순위를 높였고, 마지막 발에서 극적인 역전승으로 올림픽 3연패의 금자탑을 쌓았다. 누구나 실수를 한다. 하지만 실수 이후의 행동이 큰 차이를 만든다. 끝까지 집중하며 최선을 다한다. 오늘도 잘 쓰이겠습니다.

필사와 다짐

년 월 일

94 일

오늘의 글

물에 돌팔매질 하지 마라. 함부로 나뭇잎을 꺾지 마라. 땅에 떨어진 물건, 주워 오지 마라.

– 신현준

이해하기

반기문 UN 사무총장의 어머니 신현준 여사에게 "어떻게 자식을 키우셨나요?"라는 질문에 대한 대답이다. "그냥 친정 어머니가 가르쳐준 대로 애들을 키웠어요. 물에 돌팔매질 하지 마라. 함부로 나뭇잎을 꺾지 마라. 땅에 떨어진 물건, 주워 오지 마라." 참으로 아름답고 고귀한 실천법이다. 우리 모두가 실천해야 할 말씀이다. 오늘도 잘 쓰이겠습니다.

필사와 다짐

년 월 일

95 일

오늘의 글

나의 부하 예순베이는 아무리 싸워도 지치지 않는다. 그래서 다른 사람도 자기처럼 싸우는 것을 당연히 여기고, 그렇지 못하면 버럭 화를 낸다. 이런 사람은 절대 지도자가 될 수 없다. – 칭기즈칸

이해하기

전쟁에서 지치지 않고 용감히 싸우는 사람은 훌륭한 군인이라 할 수 있다. 하지만 전쟁에서 지치고, 힘들고, 물러서는 사람들을 다시 용감히 싸울 수 있게 하는 사람은 훌륭한 장군이라 할 수 있다. 지도자는 자기가 힘이 센 사람이 아니라, 사람들의 힘이 세지도록 만들고 도와주는 사람이다. 오늘도 잘 쓰이겠습니다.

필사와 다짐

년　　월　　일

96 일

오늘의 글

너희 중에 누구든지 으뜸이 되고자 하는 자는 종이 되어야 한다.

– 마태복음(20장)

이해하기

예수님이 말하는 지도자의 최고 덕목은 "서번트 리더십(Servant leadership)" 이다. 섬기는 마음과 행동, 특히 힘들고, 어렵고, 아프고, 슬픈 약자들을 섬기는 사람, 이런 사람을 어찌 존경치 않고, 따르지 않을 수 있겠는가. 으뜸이 되고자 하는 자는 모두의 종이 되어야 한다. 깊이 숙일 수 있어야 한다. 오늘도 숙이며 잘 쓰이겠습니다.

필사와 다짐

년 월 일

97 일

오늘의 글

우리는 내가 가진 것을 생각하지 않고, 항상 갖지 못한 것만 생각한다.
– 쇼펜하우어

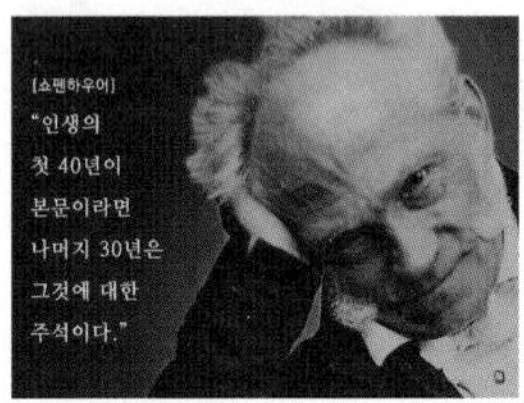

[쇼펜하우어]
"인생의
첫 40년이
본문이라면
나머지 30년은
그것에 대한
주석이다."

이해하기

독일의 대표 실존주의 철학자가 분석한 인간의 모습이다. 내가 가진 것을 생각하지 않고, 항상 갖지 못한 것을 생각한다. 즉 시선이 내가 아닌 남에게 있다. 만족이 아닌 비교에 있다. 그래서 행복하기가 어렵다. 행복력은 내가 가진 것에 만족하고, 감사할 수 있는 능력이다. 오늘도 감사히 잘 쓰이겠습니다.

필사와 다짐

년　　월　　일

98 일

오늘의 글

백성이 가장 귀하고,
사직은 그 다음이고,
군주는 가장 가볍다.
– 정도전

이해하기

태종 이방원이 정도전에게 "고개를 숙이고 신하가 되라." 이에 대한 대답이다. 우리 주변에 적용해 보면 "직원이 가장 귀하고, 회사는 그 다음이고, 사장은 가장 가볍다." "가족이 가장 귀하고, 가정은 그 다음이고, 가장은 가장 가볍다." 가장 귀한 가치는 백성, 직원, 가족, 즉 사람이다. 사람에게 집중해야 한다. 오늘도 잘 쓰이겠습니다.

필사와 다짐

년 월 일

99 일

오늘의 글

내 감정, 말, 행동은 내 습관의 결과물이다. 습관이 내 운명을 결정 짓는다.
– 법산

習 慣
익힐 습 버릇 관

습관(習慣): 어떤 행위를 오랫동안 되풀이하는 과정에서 저절로 익혀진 행동 방식.

이해하기

내가 어떤 감정이 드는지 알고 있는가? 어떤 말을 하고 있는지 알고 있는가? 어떤 행동을 하고 있는지 알고 있는가? 악하고 부정적인 감정, 말, 행동을 선하고 긍정적인 감정, 말, 행동으로 바꾸는 것이 수행이고, 내 운명을 바꾸는 일이다. 가장 중요한 것은 '알아차림', 악하고 부정적인 감정이 일어날 때, 바로 알아차려 돌이켜야 한다. 절대 말과 행동으로 나쁜 과보를 지으면 안 된다. 오늘도 선하게 잘 쓰이겠습니다.

필사와 다짐 년 월 일

100 일

오늘의 글

혼자서 잘 노는 힘을 키우는 게 확실한 노후 대책이라 나는 믿는다.

– 한비야

이해하기

봄, 여름이 지나면 반드시 가을, 겨울이 온다. 낙엽이 지는 것과 같이 사람들은 떠나고, 매서운 눈보라와 같이 춥고 외로운 시기가 온다. 이때 믿고 의지할 수 있는 것은 무엇인가? 오로지 나 자신뿐이다. 혼자서도 잘 노는 힘이 중요하다. 책이 중요하고, 취미가 중요하고, 운동이 중요하다. 미리미리 연습해 놓아야 한다. 오늘도 잘 쓰이겠습니다.

필사와 다짐

년 월 일

101 일

오늘의 글

등반 시 내 실수 때문에 나만 피해 보는 것이 아니라 동료, 셀파, 포터, 팀원들이 죽을 수 있다. 완벽을 기해야 한다.

– 엄홍길

이해하기

엄중한 상황이 있다. 타인의 생명과 가족의 생활이 걸린 위기 상황에서 리더는 신중하고 완벽해야 한다. 개인의 목적과 이익을 위해 무리한 도전을 하면 안 된다. 위기 상황 또는 엄중한 결단을 내려야 하는 상황에서는 사심을 버리고 완벽을 기해야 한다. 때로는 과감히 포기할 수도 있다. 오늘도 주변을 위해 잘 쓰이겠습니다.

필사와 다짐

년 월 일

102일

오늘의 글

항상 음식을 생각한다. 상상하고, 만들어 보고, 먹으러 다니고, 괜찮으면 창업하는 과정이 일인 동시에 놀이다.

– 백종원

이해하기

일과 놀이가 일치하는 것이 가장 이상적인 직업이다. 놀이는 지치지 않는다. 계속 즐겁게 할 수 있기에, 실력도 좋아지고, 만족도 커진다. 한 분야에 일가를 이룬 사람들의 공통점이 일과 놀이의 일치. 이런 일은 그냥 찾아지는 것이 아니다. 계속 도전하고, 경험하고, 느껴봐야 한다. 새로운 일에 늘 도전하며, 오늘도 잘 쓰이겠습니다.

필사와 다짐

년 월 일

103일

오늘의 글

혁신은 변화하는 환경에 대응하는 것이다. 반응이 아니라 대응이다.
– 김형철

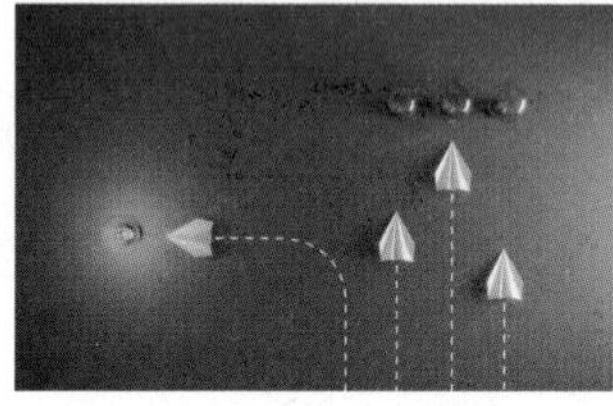

이해하기

변화하는 환경에 반응하는 것이 아니라, 적절히 대응하는 것이 혁신. 반응은 수동적 자세고, 대응은 능동적 자세다. 대응은 미래를 예상하고, 준비하고, 행동하는, 적극적인 자세다. 미래의 변화 트렌드는 다 알고 있다. 하지만 그 변화에 능동적으로 준비하고, 행동하는 사람은 드물다. 혁신가는 행동가다. 오늘도 능동적으로 잘 쓰이겠습니다.

필사와 다짐

년 월 일

104 일

오늘의 글

자기의 직업을 천직으로 소중히 여기며, 열심히 일하는 사람이 행복한 사람이다. 어렵더라도 노력하면 점차 나아진다.

– 송해

이해하기

1927년생 대한민국 최고령 현역 연예인. 1988년부터 전국노래자랑을 32년간 진행하고 있다. 직업에는 귀천이 없다. 돈을 많이 벌면 귀하고, 적게 벌면 천한 것이 아니라, 모두 필요한 귀한 직업이다. 지금은 어렵더라도 꾸준히 노력하면 점점 익숙해지고 나아진다. 열심히 일하는 사람이 행복한 사람이다. 오늘도 잘 쓰이겠습니다.

필사와 다짐

년 월 일

105 일

오늘의 글

눈은 떠야 보이는데, 귀는 열려 있어 듣는다고 착각한다.
귀도 떠야 잘 들을 수 있다.
– 박원순

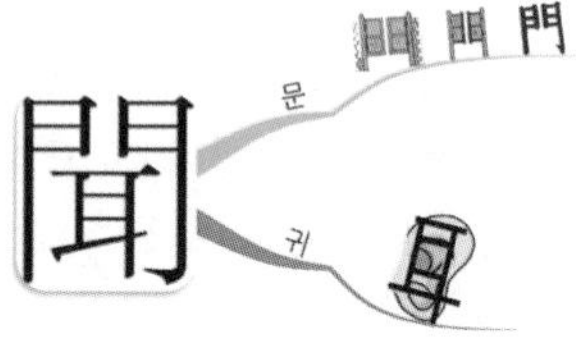

이해하기

소리를 듣는다고 할 때 2가지가 있다. 물리적인 음파를 감지하는 것을 들을 '청(聽)'이라 하고, 소리의 의미를 파악하려는 것을 들을 '문(聞)'이라 한다. '문(聞)'은 문(門)에 귀(耳)를 대고 잘 듣는 것을 말한다. 들을 문을 해야 상대의 의도와 의미를 파악할 수 있다. 이것이 듣는 능력이다. 오늘도 잘 들으며, 잘 쓰이겠습니다.

필사와 다짐

년 월 일

106 일

오늘의 글

다른 사람을 위해 먼저 줄 때,
상대의 진정한 마음을 얻는다.
마음을 얻는 사람이 리더다.
– 치알디니

이해하기

진정한 리더(leader)란 지위와 권력이 높은 사람이 아니라, 마음을 많이 얻은 사람이다. 수많은 형식적인 리더들이 있지만, 마음을 얻는 참 리더는 많지 않다. 마음을 얻기 위해서는 상대의 마음을 아는 것이 가장 중요하다. 그런데 상대의 마음을 아는 것이 어렵다. 관심과 사랑이 있어야 알 수 있기 때문. 사랑의 마음으로 오늘도 잘 쓰이겠습니다.

필사와 다짐

년 월 일

107 일

오늘의 글

당신이 늘 피곤한 이유는 휴식이 부족해서가 아니라, 휴식의 방법이 틀렸기 때문이다.

– 애들런트

이해하기

휴식은 얼마나 쉬느냐가 아니라, 어떻게 쉬느냐가 중요하다. 잠을 많이 잔다고, 운동을 많이 한다고, TV 스마트폰을 충분히 본다고 풀리지 않는다. 현대인의 피로는 육체적 피로가 아닌 정신적 피로, 즉 뇌가 과부하에 걸려 있기 때문이다. 뇌가 쉬어야 한다. 모든 정신적 활동을 멈추고, 나에게 집중해야 한다. 요가와 명상, 숲속 걷기가 좋다. 오늘도 편안히 잘 쓰이겠습니다.

필사와 다짐

년 월 일

108 일

오늘의 글

듣기보다 말하기를 좋아하면 노인이고, 말하기보다 듣기를 좋아하면 어르신이다.

– 배명복

이해하기

이어지는 말. "자기가 옳다고 상대를 가르치려 들면 노인이고, 상대의 이야기를 경청하고 이해하려 애쓰면 어르신이다." 정리하면 나를 앞세워 고집하는 사람은 노인이고, 상대를 앞세워 배려하는 사람은 어르신이다. 노인인가? 어르신인가? 어르신은 자기 수양의 결과다. 오늘도 고집하지 않고 잘 쓰이겠습니다.

필사와 다짐

년 월 일

109 일

오늘의 글

버티는 게 성공이고 진정한 승리다.
버텨라. 버티는 자가 이긴다.
– 보로새퍼

이해하기

찰스 다윈은 말한다. “강한 종이 살아남는 것이 아니라, 살아남은 종이 강한 것이다.” 강한 사람이 살아남는 것이 아니라, 살아남은 사람이 강한 것이다. 버텨서 살아남는 것이 진정한 성공이요, 승리자다. 버티자. 잘 버티자. 존버정신으로 살아내야 한다. 오늘도 잘 버티며, 잘 쓰이겠습니다.

필사와 다짐

년 월 일

110 일

오늘의 글

주위를 살펴보는데 시간을 내라. 이기적으로 살기에는 인생이 너무 짧다.

– 톨스토이

이해하기

나이 60이 된 두 사람이 있다. 한 사람은 평생 내 인생, 내 가족만을 위해 열심히 살아왔다. 주변을 둘러보니 아무도 남아 있지 않다. 다른 한 사람은 주변 사람들과 좋은 관계를 유지하며, 서로 의지하며 살아왔다. 주변을 둘러보니 남아 있는 건 사람뿐이다. 누가 더 행복할까? 노년의 행복은 사람, 친구다. 잘 살펴 잘 쓰이겠습니다.

필사와 다짐

년 월 일

111 일

오늘의 글

스티브 잡스가 다른 사람과 다른 점은 무엇을 할 것인가가 아니라, 무엇을 하지 않을 것인가에 대한 결단력이다.

– 존 스컬리

이해하기

쫓겨난 스티브 잡스가 다시 애플로 돌아와 처음 한 일은, 기존의 수많은 모델들을 폐기하고, 핵심적인 하나의 모델로 통일한 일이다. 하나의 제품을 예술적 경지로 올리려면 이런저런 일을 벌여서는 안 된다. 버리고 핵심에 집중해야 한다. 그래야 최고의 제품을 만들 수 있다. 잡다한 일들을 버리고 오늘도 잘 쓰이겠습니다.

필사와 다짐

년 월 일

112 일

오늘의 글

자식을 불행하게 하는 가장 확실한 방법은 언제나 무엇이든 원하는 것을 해주는 일이다.

– 루소

이해하기

아이를 키우는 4단계. 자아가 형성되는 3살까지는 극진히 보살펴줘야 한다. 습관이 형성되는 초등학생까지는 모범을 보여줘야 한다. 자기가 서려고 하는 고등학생까지는 간섭하지 말고 지켜 봐줘야 한다. 20살 성인이 되면 일체 관심을 끊어야 한다. 양육의 목표는 독립된 주체로 만드는 일이다. 오늘도 현명하게 잘 쓰이겠습니다.

필사와 다짐

년 월 일

113일

오늘의 글

6시에 일어나 운동, 식사 후 9시에 서재로 출근한다. 죽을 힘을 다해 쓴다. 20년 동안 대하소설 3편을 썼다.
– 조정래

이해하기

후배들에게 글쟁이는 능력이 아닌, 노력을 믿어야 한다고 늘 강조하신다. 매일매일 최선을 다하는 노력이 지금의 나를 만든 것이다. 한국 현대 문학사 최고의 소설 〈태백산맥〉, 〈아리랑〉, 〈한강〉은 그렇게 만들어졌다. 꾸준한 노력이 대작을 만든다. 오늘도 꾸준히 잘 쓰이겠습니다.

필사와 다짐

년 월 일

114일

오늘의 글

일단 실행해 보라.
가다가 중지하면 아니 간만 못한 것이 아니라,
간만큼 이익이다.
– 한비자

JUST TRY

이해하기

관점의 차이다. 결과를 중요시하면, 중지는 아니 간만 못한 것이다. 하지만 과정을 중요시하면, 중지는 간만큼 배우고 얻은 것이다. 결과를 중요시하면 도전하기 어렵지만, 과정을 중요시하면 쉽게 도전하고 성장할 수 있다. 선택이다. 지금 같은 변화의 시대는 과정을 선택해야 한다. 오늘도 가볍게 잘 쓰이겠습니다.

필사와 다짐

년 월 일

115 일

오늘의 글

행복한 사람은 노력가다.
게으름뱅이가 행복하게 사는 걸
보았는가?
– 브레이크

이해하기

게으름뱅이가 행복하게 사는 것을 본 적이 없다. 부모의 재산으로 게으름 피우며 잘 먹고 사는 사람들이 행복한 얼굴을 가진 것을 보지 못했다. 행복한 얼굴과 표정, 말을 가진 사람의 공통점은 노력가다. 자기에게 주어진 일을 기쁘게 열심히 하는 사람들이다. 노력이 행복을 만든다. 오늘도 부지런히 잘 쓰이겠습니다.

필사와 다짐

년 월 일

116 일

오늘의 글

좋은 말은 세상에 널렸습니다.
핵심은 실천입니다.
– 법산

이해하기

말의 홍수 시대다. 좋은 말, 바른 말, 아름다운 말이 책, SNS, 인터넷에 넘쳐나고 있다. 아무리 좋은 레시피가 많아도, 내가 직접 만들어 맛보지 않으면 아무런 의미가 없다. 핵심은 말이 아니라 실천. 내가 직접 경험하고 느껴봐야 한다. 그래야 내 것이 된다. 오늘도 필사와 다짐을 통해 실천으로 나아간다. 잘 쓰이겠습니다.

필사와 다짐

년 월 일

117 일

오늘의 글

모범을 보인다는 것은 상대에게 영향을 끼칠 수 있는 좋은 방법이 아니라 유일한 방법이다.
– 슈바이처

이해하기

모든 사생활이 노출되고 있는 사회, 나의 말과 행동이 즉각적으로 노출, 전파된다. 개인의 영향력이 매우 커지고 있다. 잘할 때는 긍정적 평가를 금방 받을 수 있으나, 잘못할 때는 부정적 평가와 과보 또한 금방 받는다. 내 말과 행동의 영향력이 즉각적이고 파괴적인 시대, '모범'이 중요한 시대다. 오늘도 바르게 잘 쓰이겠습니다.

필사와 다짐

년 월 일

118일

오늘의 글

하나의 이익을 얻는 것이 하나의 해를 제거한 만 못하고, 하나의 일을 만드는 것이 하나의 일을 제거한 만 못하다.
– 야율초재

통치의 기술이 없던 몽골제국이
무너지지 않게 한 인물
야율초재

이해하기

칭기즈칸이 총애한 몽고의 명재상. 2대 칸 오고타이가 제국의 통치 방법을 묻자, "하나의 이익을 얻는 것이 하나의 해를 제거한 만 못합니다. 새로운 제도로 백성을 번거롭게 하는 것보다, 기존의 불합리한 것을 제거하십시오." 보약보다 해로운 음식을 피해야 한다. 불행은 채우지 못함이 아니라, 비우지 못함에서 생긴다. 오늘도 깔끔하게 잘 쓰이겠습니다.

필사와 다짐

년 월 일

119 일

오늘의 글

잘못했으면 뉘우치고, 틀렸으면 고치고, 모르면 배우면 됩니다. 이것이 성장과 발전의 길입니다.

– 법륜

이해하기

인생을 편하게 사는 비법이다. 우리가 힘들게 사는 이유는 잘못해도 잘 했다 우기고, 틀렸는데 맞았다 우기고, 모르면서 아는 척을 하기 때문이다. 잘못했다고 하면 "죄송합니다.", 틀렸다고 하면 "몰랐습니다.", 모른다고 하면 "알려 주십시요." 하면 된다. 이것만 되면 인생을 아주 편하게 살 수 있다. 사실을 사실대로 쿨하게 인정하며, 오늘도 잘 쓰이겠습니다.

필사와 다짐

년　　월　　일

120 일

오늘의 글

좋은 옷 있으면 생각날 때 입고, 좋은 음식 있으면 먹고 싶을 때 먹고, 좋은 음악 있으면 듣고 싶을 때 들으세요. 더구나 좋은 사람 있으면 마음속에 숨겨두지 말고, 마음껏 좋아하고 그리워하세요. – 나태주

행복에
나중은 없다

이해하기

"아끼지 마세요"라는 시의 일부분이다. 이어지는 글, "그리하여 때로는 얼굴 붉힐 일, 눈물 글썽할 일 있다 한들 그게 무슨 대수겠어요. 지금도 그대 앞에 꽃이 있고, 좋은 사람이 있지 않나요. 그 꽃을 마음껏 좋아하고, 그 사람을 마음껏 그리워하세요." 나중은 없다. 좋은 것은 절대 아끼지 말자. 오늘도 팍팍 잘 쓰이겠습니다.

필사와 다짐

년 월 일

121 일

오늘의 글

“아브라카다브라(Abracadabra) - 내가 말하는 대로 된다.” 버릴 말은 버리고, 피할 말은 피하고, 할 말은 공을 들여야 한다.

– 차동엽

이해하기

“Abracadabra” 아랍어로 Abra(이루어지다)와 cadabra(내가 말한대로)의 합성어다. 중세 마법사들이 사용한 주문. 비슷한 우리말로 “수리수리마수리”. 말로 마법 같은 일을 만들 수 있다. 말로 전쟁과 살인도, 천국과 행복도 만들 수 있다. 공을 들여 잘 골라 써야 하고, 부정적인 말은 무조건 버린다. 오늘도 예쁘게 말하며 잘 쓰이겠습니다.

필사와 다짐

년 월 일

122 일

오늘의 글

"세계 평화를 위해 어떤 일을 해야 할까요?" "집에 가서 가족을 사랑해 주세요."

– 테레사 수녀

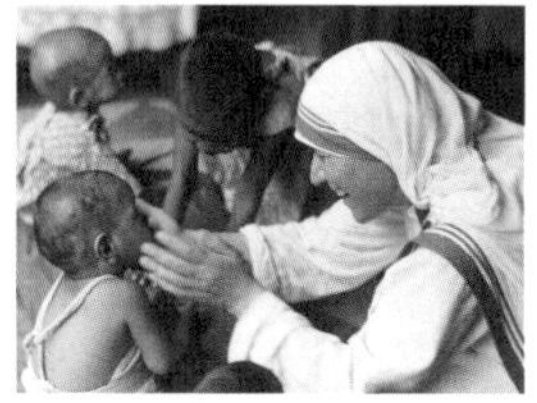

이해하기

수녀님의 지혜로운 답변이다. 집에 있는 가족을 사랑하는 것이 세계 평화를 위하는 일이다. 집에서 음식물을 함부로 버리지 않는 것이 지구 환경을 위하는 일이다. 주변 사람들과 화목하게 지내는 것이 인류 공영을 위하는 일이다. 모든 위대함의 시작은 나와 내 주변에서 시작된다. 사랑으로 오늘도 잘 쓰이겠습니다.

필사와 다짐

년 월 일

123 일

오늘의 글

장수는 반드시 이길 수 있는 조건을
만드는 사람이다.
– 이순신

先勝求戰
선승구전
Win the war before the battle

이해하기

손자병법에 "승병(勝兵)은 선승이후구전(先勝以後求戰)", 이기는 군대는 먼저 이길 수 있는 상황을 만들어 놓고 싸운다. "패병(敗兵)은 선전이후구승(先戰以後求勝)", 지는 군대는 일단 싸우고 승리의 방법을 찾는다. 이순신 장군의 23전승 비결이다. 진정한 고수는 싸움 전에 이긴다. 준비가 되어있는가? 오늘도 필사와 다짐을 하는 이유다. 잘 준비하며 잘 쓰이겠습니다.

필사와 다짐

년 월 일

124 일

오늘의 글

99도까지 열심히 온도를 올려놓아도 마지막 1도를 넘기지 못하면 물은 영원히 끓지 않는다.

– 김연아

이해하기

마지막 1도, 포기하고 싶은 마지막 1분을 참아낸다. 왜냐하면 이 순간을 넘어야 새로운 변화가 일어나기 때문. 100도가 되어야 물이 수증기가 되어 자유로워지듯, 성공과 실패는 1도의 차이로 결정된다. 그래서 포기하지 않는 꾸준함이 중요하다. 오늘도 1도를 올리기 위해 꾸준히 필사와 다짐을 한다. 잘 쓰이겠습니다.

필사와 다짐

년　　월　　일

125 일

오늘의 글

건강하다고 2, 3계단씩 뛰다 보면 언젠가 쓰러진다. 한 계단씩 가야 한다.

– 최경주

이해하기

마라톤에서 완주를 못 하는 가장 큰 이유는 오버페이스(over pace) 때문이다. 컨디션이 좋다고, 마음이 급하다고 오버페이스를 하면 결국 지쳐 쓰러진다. 먼 거리일수록, 오랜 시간이 걸릴수록, 큰 목표일수록 차근차근 꾸준히 가야 한다. 가다 보면 어떤 순간에 목표점에 와 있는 나를 발견한다. 오늘도 꾸준히 잘 쓰이겠습니다.

필사와 다짐

년 월 일

126 일

오늘의 글

용서할 수 있는 사람은 진정 강한 사람이고, 자기를 사랑하는 사람이다.

– 법산

이해하기

진정 강한 사람만이 용서할 수 있다. 나의 상처와 아픔을 극복한 사람만이 용서할 수 있다. 상대의 입장과 처지를 온전히 이해할 수 있는 넓은 마음을 가진 사람만이 용서할 수 있다. 미움과 분노는 상대가 아닌 나를 괴롭히는 맹독이다. 그래서 용서는 남이 아닌, 나를 위한 일. 쿨하게 용서하자. 오늘도 잘 쓰이겠습니다.

필사와 다짐

년 월 일

127일

오늘의 글

"네가 만일 불행하다는 말을 하고 다닌다면 불행이 무엇인지 보여주겠다. 네가 만일 행복하다는 말을 하고 다닌다면 행복이 무엇인지 보여주겠다."

– 버니시겔

이해하기

신의 책상 위에 쓰여 있는 글이라 하는데, 증명된 연구결과다. 부정적 단어들을 많이 사용하는 사람은 질병, 외로움, 우울증에 걸릴 확률이 훨씬 높다. 반면 긍정적 단어들을 많이 사용하는 사람은 성실하고, 책임감도 강하고, 몸도 건강하다. 행복하고 건강한 삶을 원한다면 부정적 말은 안녕. 오늘도 기쁘게 잘 쓰이겠습니다.

필사와 다짐

년 월 일

128 일

오늘의 글

거칠게 말할수록 거칠어지고, 음란하게 말할수록 음란해지고, 사납게 말할수록 사나워진다.
– 김구

이해하기

반복의 힘이다. 계속하면 익숙해지고 숙련된다. 그것이 좋은 일이든 나쁜 일이든 습관이 된다. 거칠게 말할수록 거칠어지고, 사납게 말할수록 사나워진다. 부드럽게 말할수록 부드러워지고, 향기롭게 말할수록 향기로워진다. 나의 말을 잘 살펴보자. 부드럽고 향기롭게 말하며, 오늘도 잘 쓰이겠습니다.

필사와 다짐

년 월 일

129일

오늘의 글

선배가 불가능한 일을 이뤄내면, 후배는 그 길이 불가능하다고 생각하지 않는다.
– 이상화

이해하기

1마일을 4분 이내에 주파하는 것은 인간의 능력으로 불가능하다고 모두 확신했다. 1954년 로저 베니스터는 3분 59초로 이 한계를 최초로 넘었고, 이후 2달 이내에 10명이 깼고, 1년 후 27명, 2년 후에는 300명으로 늘었다. 심리적 장벽이 무너진 것. 훌륭한 선배, 멘토, 선구자의 힘이다. 주변 사람들이 중요한 이유다. 오늘도 잘 쓰이겠습니다.

필사와 다짐

년 월 일

130 일

오늘의 글

한번 실수한 말은 수습할 수 있지만, 같은 말실수는 수습하기 어렵다. 그것은 더이상 실수가 아니기 때문이다.

– 임영수

한번은 실수고
두번은 생각이 없는거고
세번은
습관이다.

이해하기

누구나 실수를 한다. 그래서 사람들은 실수를 용인한다. 하지만 두 번째, 세 번째 같은 실수를 반복하면 용인하기 어렵다. 왜냐하면 그것은 더이상 실수가 아니기 때문. 같은 실수를 반복하는 이유는 깊이 생각, 참회, 반성하지 않았기 때문이다. 같은 실수는 절대 하면 안 된다. 정신 바짝 차려 오늘도 잘 쓰이겠습니다.

필사와 다짐

년 월 일

131 일

오늘의 글

스포츠는 인생 학교다. 우리가 알아야 할 규칙, 책임, 의무, 배려, 협동심 등 모든 공동체의 가치를 배울 수 있기 때문이다.

– 박항서

이해하기

맞는 말이다. 내 아들도 초등학교 시절부터 스포츠 활동을 많이 시킨 이유다. 지금 같이 공동체가 붕괴되는 상황에서 스포츠는 너무도 중요한 아이들 교육법이다. 스포츠의 중요성을 아직 모르고 있는 현실이 안타깝다. 아이들에게 스포츠를 많이 시키고, 함께 해야 한다. 행복 가정을 위한, 바른 교육을 위한 실천법이다. 오늘도 잘 쓰이겠습니다.

필사와 다짐

년 월 일

132 일

오늘의 글

불만 고객이 충성 고객이 된다.
위기는 기회다.
– 존 구드만

이해하기

'구드만의 법칙' 이 있다. 평소 불만이 없는 고객의 재구매율은 10%, 반면 불평, 불만을 하는 고객을 진지하게 만족시킬 경우, 재구매율은 65%까지 올라간다는 사실. 충성 고객은 불만 고객에게서 나온다. 전제는 불만을 잘 해결해 주었을 경우. 불평, 불만은 내 사람으로 만들 절호의 기회다. 오늘도 정성으로 잘 쓰이겠습니다.

필사와 다짐

년 월 일

133 일

오늘의 글

누구나 좋은 글을 쓸 수 있다. 목숨을 걸면 누구나 잘 쓸 수 있다. 글 쓰는데 왜 목숨을 걸어야 하냐고?
그래서 못 쓰는 것이다.
– 강원국

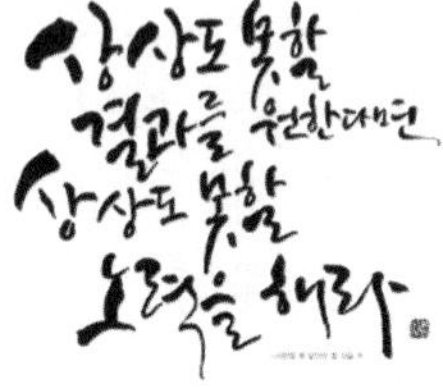

이해하기

어떤 분야이건 최고 수준에 오른 사람들의 공통점은 목숨을 건 노력을 했다는 점. 하지만 다양한 수준이 있다. 내가 원하는 수준이 무엇인가가 중요하다. 80점 정도면 취미 정도의 노력, 90점이면 정성스런 노력, 99점이면 목숨을 걸어야 한다. 원하는 수준에 맞춰 노력하면 된다. 문제는 노력 없이 원하는 수준만 높은 것. 욕심은 버려야 한다. 오늘도 잘 쓰이겠습니다.

필사와 다짐

년 월 일

134 일

오늘의 글

파괴력 = 집중력 × 인내력
장애를 돌파하고, 성취하는 사람의
2가지 힘이다.
– 법산

이해하기

집중력은 공간의 힘이다. 돋보기로 빛을 모으듯 공간의 에너지를 한 곳으로 모으는 힘이다. 인내력은 시간의 힘이다. 아무리 강력한 힘이라도 시간이 짧으면 반응이 일어나지 않는다. 집중된 힘이 오래 지속될 때 변화가 일어나 파괴적 성취를 이룬다. 집중하고 버텨야 한다. 오늘도 집중하며 꾸준히 잘 쓰이겠습니다.

필사와 다짐

년　　월　　일

135일

오늘의 글

나에게 나무를 벨 시간이 8시간 주어진다면, 그중 6시간은 도끼를 가는데 쓰겠다.

– 링컨

이해하기

준비의 중요성을 말한다. "시작이 반이다." 말하는 이유는 눈에 보이는 시작 전에 상당한 준비의 과정이 있음을 말한다. 실제 나무를 베는데 많은 시간이 걸리지 않는다. 그런데 도끼가 무디면 힘은 힘대로 들고, 시간도 오래 걸린다. 시작하기 전 준비가 승패와 효율을 좌우한다. 오늘도 잘 준비하며 잘 쓰이겠습니다.

필사와 다짐

년 월 일

136 일

오늘의 글

게으름은 노화를 촉진하고,
부지런함은 근육을 만든다.
이것이 장생의 비법이다.
– 이승헌

이해하기

노화는 몸과 마음의 활동력이 떨어지는 현상. 몸은 40세, 마음은 50세부터 활동력이 급격히 떨어진다. 그런데 떨어지는 속도를 노력으로 조절할 수 있다. 몸을 부지런히 움직이면 천천히, 게으름을 피우면 빨리 떨어진다. 오래 건강히 살려면 부지런해야 한다. 늘 몸을 움직여야 한다. 오늘도 부지런히 잘 쓰이겠습니다.

필사와 다짐

년 월 일

137 일

오늘의 글

아침에 벌떡 일어나는 일이 감사한 일임을 이번에 또 배웠다. 건강하면 다 가진 것이다.
– 박완서

이해하기

이어지는 글, "안구 하나에 1억, 신장 3천, 심장 5억, 간이식 7천…, 건강히 걸어 다니는 사람은 몸에 51억이 넘는 재산을 가지고 다니는 것. 앰뷸런스 산소호흡기 비용은 시간당 36만원. 살기 위해 하루 마시는 공기 값은 860만원. 우리는 51억짜리 몸에 하루 860만원의 공짜 호흡을 하고 있다. 얼마나 감사한 일인가." 오늘도 감사히 잘 쓰이겠습니다.

필사와 다짐

년 월 일

138 일

오늘의 글

독서는 앉아서 하는 여행이고,
여행은 서서 하는 독서이다.
– 조정래

이해하기

책을 써보면 안다. 책 한 권에 한 사람의 인생, 사상, 가치관, 모든 것들이 녹아 있다. 책 한 권을 읽는다는 것은 한 사람의 평생 삶을 살펴보는 여행이다. 여행은 여러 사람의 삶을 살펴보는 독서로, 마치 백과사전을 보는 것과 같다. 독서와 여행은 정말 소중한 삶의 실천이다. 오늘도 잘 읽고 잘 쓰이겠습니다.

필사와 다짐

년 월 일

139 일

오늘의 글

새로운 일에 도전할 때는 안심하고 돌아갈 수 있는 견고한 성부터 쌓아라.

– 이나모리

이해하기

견고한 성부터 쌓아야 한다. 왜냐하면 새로운 일이나 사업은 리스크가 크기 때문. 견고한 성 없이 새로운 것을 도전하는 것은, 바닥을 다지지 않고 건물을 올리는 것과 같다. 투자도 마찬가지다. 여윳돈으로 해야 조급함으로 인한 실패를 막을 수 있다. 기초를 다지며 오늘도 잘 쓰이겠습니다.

필사와 다짐

년　　월　　일

140 일

오늘의 글

사람의 재능은 최대 5배 차이가 나지만,
열정은 100배 이상 차이가 난다.
– 나가모리

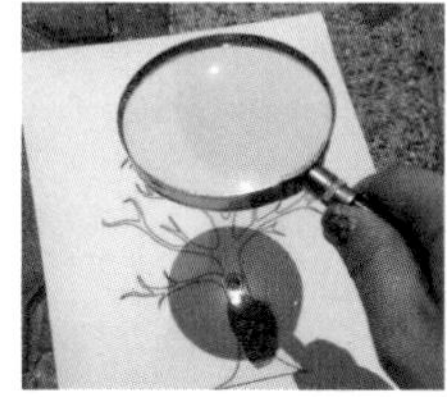

이해하기

전구를 예로 들면 재능은 전구의 출력이다. 20W, 50W, 100W. 열정은 집중력이다. 발산되는 빛을 모으는 힘. 동일한 출력의 빛을 1m x 1m 영역으로 모으는 사람과, 1cm x 1cm로 모으는 사람은 만 배 차이가 난다. 돋보기로 빛을 모아 종이를 태우는 원리와 같다. 사람의 능력 차이는 열정, 집중력이다. 오늘도 집중하며 잘 쓰이겠습니다.

필사와 다짐

년 월 일

141 일

오늘의 글

이 세상에서 가장 아름다운 말은 엄마, 사랑, 봉사. 이들을 관통하는 것은 실천이다.

– 김성수

이해하기

평생을 봉사로 헌신하신 성공회 대주교님 말씀이다. 아름다운 말은 많다. 쉽게 말할 수 있다. 하지만 실천하고 있는가? 엄마에게 효도하고 있는가? 연인을, 가족을, 친구를 사랑하고 있는가? 이웃에 봉사하고 있는가? 실천 없는 말은 공허한 메아리일 뿐이다. 가족, 친구, 이웃에게 오늘도 잘 쓰이겠습니다.

필사와 다짐

년 월 일

142 일

오늘의 글

적과 평화로운 관계를 원한다면 적과 함께 일하세요. 그러면 적은 파트너가 됩니다.

– 만델라

이해하기

적이 있다는 것은 소모적, 파괴적 환경이다. 경쟁자는 성장의 기회가 되지만, 적은 성장에 도움이 안 된다. 목적이 사느냐 죽느냐이기 때문. 오늘 내가 이겨도 반드시 보복을 위해 칼을 간다. 미래에 큰 위험이다. 친구로 파트너로 모두 만들 필요는 없지만, 절대 적을 만들면 안 된다. 명심하자. 오늘도 잘 쓰이겠습니다.

필사와 다짐

년 월 일

143 일

오늘의 글

하루 한두 시간을 자신을 위한 연구개발(R&D)로 써라. 연구개발 없이 보다 나은 미래를 만들기 어렵다.

– 구본형

이해하기

기업활동에서 연구개발은 매우 중요하다. 새로운 기술, 새로운 제품을 만들지 못하면 도태되기 때문. 개인도 마찬가지다. 새로운 나, 더욱 성장된 나를 만들기 위한 연구개발을 하지 않으면 미래에 도태된다. 하루에 한 시간 정도는 나의 연구개발을 위해 사용하자. 독서, 취미, 운동, 무엇이든 좋다. 오늘도 잘 쓰이겠습니다.

필사와 다짐

년 월 일

144 일

오늘의 글

'경영' 이란 사람의 장점을 살려
성과로 연결시키는 일이다.
– 피터 드러커

이해하기

사람은 누구나 장점과 단점을 가지고 있다. 훌륭한 경영자의 특징은 단점보다 장점을 찾아낸다. 찾아낸 장점들을 잘 조합해 조직의 성과로 연결시킨다. 성과를 원한다면 사람들의 단점이 아닌 장점을 중심으로 조직을 이끌어 가야 한다. 가족도, 회사도, 국가도 마찬가지다. 단점이 아닌 장점이다. 장점을 잘 살려 오늘도 잘 쓰이겠습니다.

필사와 다짐

년 월 일

145 일

오늘의 글

손을 잡으면 다른 말이 필요 없다.
촉각이란 언어보다 감정을 더 솔직히
전달하기 때문이다.
– 정상용

이해하기

손을 꼭 잡으면 다른 말이 필요 없다. 따뜻한 포옹은 말과 비교할 수 없다. 하이파이브는 말보다 강력하다. 인간의 특징이다. 말보다 감각, 느낌이 훨씬 중요하다. 친해지고 싶다면, 말보다 몸을 쓰자. 악수도 하고, 하이파이브도 하고, 등도 두드려 주고, 포옹도 하고, 키스도 많이 하자. 촉각을 잘 활용해 오늘도 잘 쓰이겠습니다.

필사와 다짐

년 월 일

146 일

오늘의 글

성공은 계속 노력하는 것이다. 하나의 목표를 달성했다고 안주하면, 행복한 마음도 곧 사라진다. 그래서 성공은 결과물이 아니라 과정이다.
– 김종훈

이해하기

행복한 마음이 사라지면 성공했다고 말하기 어렵다. 진정한 성공은 목표 달성이라는 결과가 아니라, 목표를 향해 꾸준히 노력하고 몰입하는 과정 그 자체다. 나에게 주어진 소명과 사명을 다하기 위해 죽을 때까지 노력하는 사람이 진정 성공한 사람이고 행복한 사람이다. 오늘도 꾸준히 잘 쓰이겠습니다.

필사와 다짐 년 월 일

147 일

오늘의 글

몽고가 제국을 이룬 이유는 속도의
혁신을 이루었기 때문이다.
– 법산

이해하기

몽고는 모든 군을 기병을 편성하여 하루에 100km를 이동하였다. 당시 다른 나라의 군은 보병을 기본으로 하루에 25km를 이동했다. 4배의 속도 혁신을 이루었고, 신출귀몰한 몽고군을 볼 때면 그저 놀라 도망갈 뿐이었다. 속도보다 방향이 중요한데, 방향이 정해지면 속도가 경쟁력이다. 오늘도 빠르게 잘 쓰이겠습니다.

필사와 다짐

년 월 일

148 일

오늘의 글

그 사람을 잘 모르면서 함부로 말하는 것은 아주 큰 죄를 짓는 것이다.
– 소태산

이해하기

원불교를 창시한 소태산 박중빈 대종사님 말씀. 말을 늘 경계하라 하셨다. 욕과 험담은 절대 하면 안 된다. 거짓말을 해서도 안 된다. 이간질하는 말도 안 된다. 달콤한 말도 하면 안 된다. 말로 짓는 죄업이 아주 크니, 조심하고 조심해야 한다고 말씀하신다. 상대에게 해를 끼치는 말은 절대 하지 말자. 오늘도 부드럽게 잘 말하며 잘 쓰이겠습니다.

필사와 다짐

년 월 일

149 일

오늘의 글

일만 알고 휴식을 모르면 브레이크 없는 자동차와 같고, 쉴 줄만 알고 일할 줄 모르면 엔진 없는 자동차와 같다.

– 헨리 포드

이해하기

자동차를 대중화시킨 자동차 제왕의 재치 있는 말씀. 일만 하고 휴식을 모르면, 브레이크 없는 자동차와 같이 위험하다. 쉴 줄만 알고 일할 줄 모르면, 엔진 없는 자동차와 같이 쓸모가 없다. 온전한 자동차는 브레이크와 엔진을 가지고 있듯, 온전한 삶은 일과 휴식을 가지고 있어야 한다. "워라밸"이다. 균형을 유지하며 오늘도 잘 쓰이겠습니다.

필사와 다짐

년 월 일

150 일

오늘의 글

사람에게 투자하고 시스템을 정비하기에
위기 만큼 좋은 기회는 없다.
– 무타켄트

이해하기

위기에 해야 할 일은 나에게 투자하는 것이다. 내 지식, 능력, 지혜를 연마하는데 위기 환경은 좋은 기회다. 주변 시스템을 정비해야 한다. 산만하고, 비효율적이고, 불필요한 부분들을 제거하고, 가볍고 민첩하게 변화시켜야 한다. 위기는 차별화 할 수 있는 기회다. 잘 넘기면 다시 점프할 수 있다. 오늘도 가볍게 잘 쓰이겠습니다.

필사와 다짐

년 월 일

151 일

오늘의 글

사람들은 저를 천재라 부릅니다. 하지만 내가 얼마나 연습하고 훈련하는지 지켜본다면 그렇게 부르지 못할 겁니다.

– 미켈란젤로

이해하기

르네상스를 대표하는 이탈리아의 조각가, 건축가, 화가. 다비드 상 조각에 3년, 시스티나 성당 천장화 제작에 4년, 시스티나 성당 대벽화 〈최후의 심판〉 제작에 6년이 걸렸다. 결코 하루아침에 만들어진 것이 아니다. 우리가 알고 있는 천재들의 이면에는 엄청난 연습과 노력이 있다. 오늘도 연습이다. 잘 쓰이겠습니다.

필사와 다짐

년 월 일

152 일

오늘의 글

어떤 일을 하느냐가 아니라, 그 일을 어떻게 하느냐가 중요하다. 나는 나에게 주어진 일을 멋지게 하고 싶다.
– 박웅현

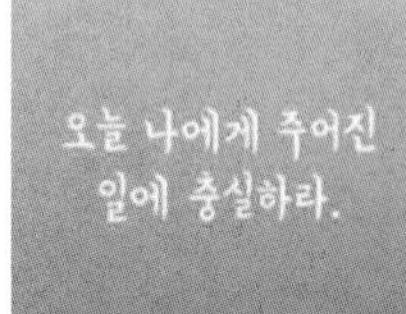

이해하기

인간은 누구나 밥벌이를 위해 어떤 일이든 해야 한다. 그 일은 아주 다양하다. 이를 직업이라 부른다. 그 일을 어떻게 하는지도 다양하다. 대충하는 사람이 있고, 멋지게 하는 사람도 있다. 직업에는 귀천이 없다고 부처님은 말씀하셨다. 하지만 그 일을 성심성의껏 하는 사람은 귀하고, 대충하는 사람은 천하다고 하셨다. 이왕 할 거면 멋지게 하자. 오늘도 잘 쓰이겠습니다.

필사와 다짐

년 월 일

153 일

오늘의 글

남이 한 번에 능하면 나는 열 번을 하고, 남이 열 번에 능하면 나는 백 번을 한다. 이것이 유약해도 강해지는 법이다.

– 중용

이해하기

누구나 강해지는 실천법이다. 재능있는 남이 한 번에 잘하면 나는 열 번을 연습하고, 재능있는 남이 열 번에 잘하면 나는 백 번을 연습하리라. 이런 각오로 실천하면 유약할지라도 충분히 강해지리라. 열 번, 백 번을 기꺼이 하겠다는 마음으로 오늘도 잘 쓰이겠습니다.

필사와 다짐

년 월 일

154 일

오늘의 글

내공은 시간이 지나면 생기는 것이 아니다. 무엇이든 도전하고 실패하는 과정에서 생기는 강인함이다.

– 정철

이해하기

내공(內功)이란, 중국 권법 용어로 '내가(內家)의 공부(功夫)'를 줄인 말. 즉 내적으로 쌓은 힘을 말한다. 외공은 육체적인 힘, 내공은 정신적인 힘을 뜻한다. 내공은 저절로 생기는 것이 아니다. 수많은 시행착오, 시련의 과정에서 생기는 강인한 정신력이다. 시련이 내공을 키운다. 오늘도 기꺼이 잘 쓰이겠습니다.

필사와 다짐

년 월 일

155일

오늘의 글

조직은 사람을 위해 존재하는 것이지, 조직을 위해 사람이 존재하지 않는다.

– 마쓰시타

경영의 神
마쓰시타 고노스케
(1894.11.27~1989.04.27)
경영은 단순한 '돈 벌이'가 아니다!
사람들의 행복에 기여하는 가치 있는 종합예술이다!

이해하기

이어지는 말, "사람을 경시하는 조직은 실패할 수밖에 없다." 일본 3대 경영의 신으로 파나소닉의 창업주인 그는 경영에서 사람을 가장 중요시했다. 국가도 마찬가지. 국가는 국민을 위해 존재하는 것이지, 국가를 위해 국민이 존재하지 않는다. 국민을 경시하는 국가는 망할 수밖에 없다. 사람을 위해 오늘도 잘 쓰이겠습니다.

필사와 다짐

년 월 일

156일

오늘의 글

나를 키운 8할은 가난이고,
나의 가장 큰 스승은 배고픔이었다.
– 이외수

이해하기

인터뷰 내용, “라면 하나로 10일 버티는 법을 알고 싶나요? 라면을 네 토막을 냅니다. 나눠 먹습니다. 스프는 밀봉해 때마다 조금씩 물에 타서 마십니다. 그럼 열흘 납니다.” 지독히 가난해도 가난이 상처가 되지 않았다. 오히려 가장 큰 스승이었다고 외치고 있다. 오늘도 당당하게 잘 쓰이겠습니다.

필사와 다짐

년 월 일

157일

오늘의 글

잠자고 일어나 연습, 밥 먹고 연습, 밥 먹고 다시 연습. 매일매일의 지루한 반복이 지금의 나를 만들었다.

– 강수진

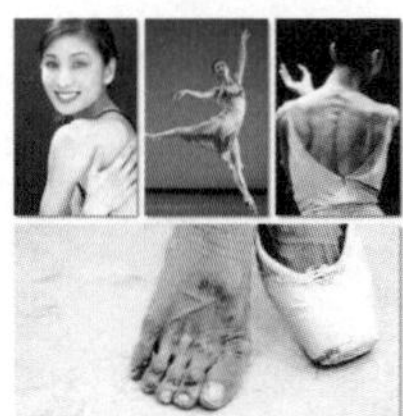

이해하기

어느 분야이건 달인이 되는 방법은 유일하다. 오로지 연습. 에디슨도 "천재는 1%의 영감과 99%의 노력으로 만들어진다." 스티브 잡스의 위대함도 아이디어가 아니라, 그 아이디어를 구현하기 위한 집요한 노력에 있다. 노력한다고 다 성공하는 것은 아니지만, 노력하지 않으면 절대 성공할 수 없다. 노력은 필수조건이다. 오늘도 꾸준히 잘 쓰이겠습니다.

필사와 다짐

년 월 일

158일

오늘의 글

생각하고, 기다리고, 단식하는 법을 알면 누구나 마법 같은 일을 할 수 있다.
– 헤르만 헤세

이해하기

목적한 일을 이루는 비법이다. 첫째, 생각해야 한다. 어떻게 이룰 수 있는지 연구하고 탐구해야 한다. 둘째, 기다려야 한다. 무슨 일이든 시간이 걸린다는 것을 확실히 알아야 안다. 셋째, 단식하는 법을 알아야 한다. 춥고 힘든 시간을 버틸 수 있어야 한다. 이 3가지를 실천하면 마법 같은 일도 할 수 있다. 오늘도 잘 쓰이겠습니다.

필사와 다짐

년 월 일

159일

오늘의 글

몸매를 잘 가꾸어야 한다.
바깥 몸매는 사랑을 얻을 수 있고,
내면 몸매는 신뢰를 얻을 수 있다.
– 조나단 테오

이해하기

몸매를 보면 그 사람이 보인다. 어떻게 살았는지, 어떻게 살고 있는지. 몸매는 매일매일 가꾸어야 한다. 잠시 방심하면 금방 망가진다. 꾸준한 노력이 필요하다. 특히 내면의 몸매, 마음은 오랜 시간 가꾸어야 비로소 빛을 발한다. 오늘도 필사와 다짐을 하는 이유다. 몸매를 잘 가꾸어 잘 쓰이겠습니다.

필사와 다짐

년 월 일

160 일

오늘의 글

존경받고 싶으면 말을 많이 하지 말고, 건강하고 싶으면 많이 먹지 마라.
– 아제르바이잔 속담

말을 독점하면 적이 많아진다. 적게 말하고 많이 들어라.

이해하기

존경은 행동과 말에서 생긴다. 행동과 말, 모두 훌륭한 사람을 성인이라 한다. 일반 사람이 성인이 못 되는 이유는 말 때문. 행동을 앞세우고 말은 적게 해야 한다. 좋은 음식을 많이 먹는 것이 아니라, 소식하는 것이 건강 비결이다. 소언과 소식이 존경과 건강의 길. 오늘도 적게 먹고, 적게 말하며, 잘 쓰이겠습니다.

필사와 다짐

년 월 일

161일

오늘의 글

나는 인간이 스스로 한계라고 규정하는 일에 도전해 그것을 이루어 내는 기쁨과 보람으로 기업을 해왔다.

– 정주영

이해하기

한국 현대사에서 가장 도전적인 기업가의 마음 자세다. 남들이 어렵다는 일들을 도전해 보란 듯이 성공시킨다. 그 기쁨과 보람으로 평생을 사셨다. "이봐 해봤어?", "시련은 있을지언정 실패는 없다.", "무슨 일이든 확신 90%와 자신감 10%로 밀고 나가는 거야.", "아직 해보지 않아 모르는 부분은 배우면서 하면 돼." 오늘도 도전하는 마음으로 잘 쓰이겠습니다.

필사와 다짐

년 월 일

162 일

오늘의 글

제 삶이 평탄했다면 글을 쓰지 않았을 것입니다. 삶이 문학보다 먼저지요.

– 박경리

이해하기

대한민국 대표 소설가. 불우한 어린 시절을 보냈고, 남편은 한국전쟁 때 행방불명, 아들은 사고로 죽었다. 엄청난 슬픔을 견디기 위해 글을 쓰기 시작했다. 1969년 시작해 1994년까지 무려 25년간 써 온 '토지'를 탈고하며 하신 말씀이다. 위대함은 어려움 속에서 잉태된다. 오늘도 평탄하지 않더라도 잘 쓰이겠습니다.

필사와 다짐

년 월 일

163 일

오늘의 글

이거다 싶은 아이디어와 맞닥뜨리면 곧바로 실행하라. 바로 실행할 수 없으면 의미가 없다.
- 우노다카시

이해하기

실행할 수 없는 아이디어를 공상, 망상이라 한다. 아이디어는 실행을 전제로 한 창조적 생각이다. 스티브 잡스의 위대함은 아이디어가 아니라, 집요한 실행력이다. 개인용 컴퓨터, mp3 플레이어, 스마트폰, 모두 그의 집요한 실행력의 결과물. 실행할 수 없는 아이디어는 망상일 뿐이다. 오늘도 온몸으로 잘 쓰이겠습니다.

필사와 다짐

년 월 일

164일

오늘의 글

물속에서 힘을 빼는 순간 부력을 느끼며 수영할 수 있는 것처럼, 힘을 뺐을 때 우리 영혼은 자유로워진다.

– 이승헌

이해하기

모든 분야의 고수들이 이구동성으로 말한다. "힘을 빼야 한다." 고수들의 공통점은 힘을 더하는 것이 아닌 힘을 뺀다는 사실. 긴장이 없다. 그리고 오롯이 집중한다. 집중은 힘을 뺀 상태에서 하나의 일에 몰입할 때이며, 이때 강력한 힘이 발휘된다. 힘(긴장)을 빼야 제대로 집중하고, 오래 유지할 수 있다. 오늘도 편안하게 잘 쓰이겠습니다.

필사와 다짐 년 월 일

165 일

오늘의 글

편식하지 말고 신선한 음식을 먹어야 건강하다. 사람도 다양하게 사귀되 상한 사람은 피해야 한다.
– 법산

이해하기

편식을 하면 영양소가 편중되어 결핍이 발생한다. 사람도 매일 똑같은 사람만 만나면, 사고가 편중되어 경직이 발생한다. 상한 음식을 먹으면 배탈이 나듯, 안 좋은 사람과 사귀면 결과가 좋지 않다. 신선한 사람들을 두루두루 사귀는 것이 건강과 행복의 비결이다. 오늘도 잘 쓰이겠습니다.

필사와 다짐

년　　월　　일

166 일

오늘의 글

한 마리 이십만원 짜리 참조기나
천원 짜리 참조기나 맛과 영양은
똑같다. 다만 크기가 다를 뿐.
– 생선 장수

이해하기

희소성이 가격이다. 구하기 힘들어 비싼 것이지, 맛과 영양이 좋다고 비싼 것이 아니다. 비싼 술, 비싼 담배, 비싼 가방도 마찬가지. 그래 봐야 술이고, 담배이고, 가방이다. 조금만 생각해보면 웃긴 일이다. 현명한 소비를 원한다면 작고 흔한 것을 먹으라고 생선 장수는 조언한다. 오늘도 현명하게 잘 쓰이겠습니다.

필사와 다짐

년 월 일

167일

오늘의 글

자기 일에 충성을 다짐하는
사람을 가까이 하십시오.
– 이이

이해하기

선조가 율곡에게 어떤 사람을 등용할지 물었다. "전하에게 충성을 다짐하는 사람은 피하시고, 자기 일에 충성을 다짐하는 사람을 가까이 하십시오. 전하에게 충성을 다짐하는 사람은 전하를 배신할 가능성이 있지만, 자기 일에 충성을 다짐하는 사람은 전하를 결코 배신하지 않을 것입니다." 현명한 말씀이다. 나의 일에 충실하며 오늘도 잘 쓰이겠습니다.

필사와 다짐

년　　월　　일

168 일

오늘의 글

팀의 승리를 위해서는 스타가 아닌 팀워크가 가장 중요하다. 서로 돕는 축구가 승리를 이끈다.

– 퍼거슨

이해하기

1986년부터 2013년까지 28년간 맨유 FC 감독을 맡으며 우승컵 38개, 선수 시절까지 합하면 49개의 우승컵을 들어 올렸다. 축구 역사상 가장 많은 우승컵을 들어 올린 전설적인 명장이다. 승리의 비결은 팀워크. 아무리 스타라도 팀플레이를 하지 않으면, 바로 빼버리고 출장 기회를 주지 않았다. 팀워크를 만드는 사람이 명장이다. 오늘도 잘 쓰이겠습니다.

필사와 다짐

년 월 일

169 일

오늘의 글

열 번 찍어 안 넘어가는 나무도 있다. 근데 포기하지 않고 찍으면, 나무는 반드시 쓰러진다.
– 이소연

이해하기

열 번에 사로잡히면 안 된다. 나무의 종류는 다양하다. 몇 번에 넘어가는 나무도 있지만, 백 번을 찍어도 안 넘어가는 거목도 있다. 그러나 포기하지 않고 계속 찍으면, 나무는 반드시 쓰러진다. 이를 '집요함' 이라 한다. 큰 나무일수록 집요함이 필요하다. 오늘도 집요하게 잘 쓰이겠습니다.

필사와 다짐

년 월 일

170 일

오늘의 글

삶의 핵심은 무조건 인내하고 단조롭게 사는 것이 아니라, 자신에게 중요한 것에 모험을 감행하고, 그 대가를 당당히 받는 것이다.

– 루이스

이해하기

이 글의 핵심어는 "자신에게 중요한 것". 이것이 있는 사람도 있고, 없는 사람도 있다. 있는 사람도 누구는 돈이고, 누구는 명예이고, 누구는 가족이고, 누구는 행복이고, 사랑이다. 없는 사람은 그냥 편안하게 살면 되고, 있는 사람은 모험을 감행해 쟁취하면 된다. 없다고 나쁘지 않다. 있다고 좋은 것도 아니다. 오늘도 다만 잘 쓰이겠습니다.

필사와 다짐

년 월 일

171 일

오늘의 글

의심하고, 의심하고, 또 의심하라.
그래야 자기 것이 된다.
– 강방천

이해하기

사람을 의심하라는 말이 아니라, 주장이 사실인지 따져 보라는 말이다. 대통령, 정치인, 언론인, 심지어 아버지가 말하는 것이 진짜 사실인가? 경험상 과학을 제외한 정치, 경제, 사회, 문화적 주장은 사실이 아닐 가능성이 매우 높다. 의심해 보고 따져 보아야 한다. 그래야 종노릇 하지 않고, 내가 주인으로 살 수 있다. 오늘도 주인으로 잘 쓰이겠습니다.

필사와 다짐

년 월 일

172일

오늘의 글

변화가 일어날 때, 이를 놓치는 것이 가장 위험한 일이다.

– 빌 게이츠

이해하기

변화의 시대에 2가지 전략이 있다. 하나는, 그 변화의 흐름 속에 뛰어들어 적극적으로 대응하는 것이다. 다른 하나는, 변화의 흐름과 무관한 쪽으로 조정하는 것이다. 큰 변화의 시대라 해도 변화되는 분야는 20% 미만, 변화하지 않는 분야가 훨씬 많다. 물론 기회와 성장은 변화되는 분야에 있다. 선택이다. 변화를 잘 살펴 오늘도 잘 쓰이겠습니다.

필사와 다짐

년 월 일

173 일

오늘의 글

다윗이 골리앗을 이긴 건, 골리앗의 싸움법칙을 거부했기 때문이다.

– 글래드웰

이해하기

기존의 싸움은 힘이 센 사람이 이기는 게임이었다. 힘으로 절대 약자인 다윗은 새로운 방식을 사용했다. '돌팔매질', 먼 거리에서 민첩하고, 정확하게 공격을 가하는 신기술을 사용해 승리했다. 약자가 기존 강자를 이기는 유일한 방법은 기존 방식과 다른 창조적 플레이를 하는 것이다. 나름의 방식으로 오늘도 잘 쓰이겠습니다.

필사와 다짐

년 월 일

174 일

오늘의 글

행복해지고 싶으면 물건보다
경험에 돈을 써라.
– 길버트

이해하기

예쁜 옷을 샀다. 그래서 기분이 좋고 자랑하고 싶다. 그런데 5년 후, 10년 후에도 이 옷이 여전히 기쁨을 줄까? 해외로 가족 여행을 다녀왔다. 즐거운 추억을 많이 만들었다. 5년 후, 10년 후에 그때 이야기를 하며 추억에 젖어 기쁨을 느낄 것이다. 이것이 물건과 경험의 차이. 행복을 오래 유지하고 싶다면 경험에 돈을 써야 한다. 오늘도 잘 쓰이겠습니다.

필사와 다짐

년 월 일

175 일

오늘의 글

전쟁터에 낭만, 규칙, 정정당당 따위는 없다. 죽느냐 사느냐의 승부만 있을 뿐.
– 손자

이해하기

병법의 신은 말한다. 전쟁은 목숨의 문제고, 나라 존망의 문제라 이곳에 인간성이 있을 수 없다. 그래서 전쟁은 피해야 하고, 해야 한다면 싸우지 않고 이기는 방법을 취하라. 인생을 전쟁으로 생각한다면 인간으로 살기를 포기해야 한다. 근데 인생은 절대 전쟁이 아니다. 평화롭고 행복한 세상을 위해 오늘도 잘 쓰이겠습니다.

필사와 다짐

년 월 일

176 일

오늘의 글

주연이든 조연이든 배우는 주어진 배역에 충실해야 하듯, 우리도 인생에서 맡은 배역에 충실할 뿐이다.

– 김동연

이해하기

주연은 주연대로 장단점이 있다. 조연은 조연대로 장단점이 있다. 주연이 좋은 것 같지만, 엄청난 압박감과 부담감이 있다. 조연이 나쁜 것 같지만, 작은 부담감과 자유로움이 있다. 어느 배역이 좋다 나쁘다 할 수 없다. 주어진 배역일 뿐이고, 그 배역에 충실하며 즐겁게 살 뿐이다. 오늘도 즐겁게 잘 쓰이겠습니다.

필사와 다짐

년 월 일

177일

오늘의 글

이기고 지는 것은 중요하지 않다.
끝까지 하는 사람이 승자다.
– 정진홍

이해하기

인생의 승부는 끝에서 갈린다. 젊어서 이겼네 졌네, 성공했네 실패했네, 돈을 벌었네 못 벌었네, 많은 말을 하지만 인생의 승부는 마지막에 갈린다. 60세 이후 죽을 때까지 할 일이 있는가? 마음을 나눌 친구가 있는가? 내 몸 건사할 만큼 충분히 건강한가? 승부는 여기서 갈린다. 죽을 때까지 잘 쓰이겠습니다.

필사와 다짐

년 월 일

178 일

오늘의 글

어리석은 이들은 스스로 악행을 저지르고 혹독한 과보를 받는다.
– 석가모니

이해하기

부처님이 말씀하신 절대 해서는 안 될 5가지 계율. 첫째, 남을 해치지 마라. 둘째, 남의 물건을 뺏지 마라. 셋째, 이성을 괴롭히지 마라. 넷째, 말로도 괴롭히지 마라. 다섯째, 술 먹고 취하지 마라. 한마디로 "남을 괴롭히지 마라." 왜냐하면 돌아오는 과보가 너무 크기 때문. 잘 해주지는 못할 망정, 절대 괴롭히면 안 된다. 오늘도 바르게 잘 쓰이겠습니다.

필사와 다짐

년 월 일

179일

오늘의 글

꾼은 사람을 벌고, 아마추어는 돈을 번다. 꾼은 주는 것을 마다하지 않지만, 아마추어는 주는 것을 손해라고 생각한다.

– 정우현

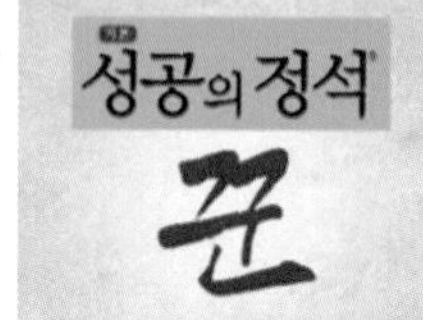

이해하기

꾼은 큰 사람, 아마추어는 작은 사람, 이를 공자님은 대인(大人)과 소인(小人)으로 구분했다. 꾼, 대인은 사람을 가장 중요시 여긴다. 아마추어, 소인은 눈에 보이는 돈, 기술, 명예, 인기를 중요시 여긴다. "인이관지(人以貫之)", 사람으로 모든 일을 관통한다. 사람을 귀하게 여기며, 오늘도 잘 쓰이겠습니다.

필사와 다짐

년 월 일

180 일

오늘의 글

메기에 벅찬 배낭을 짊어지고 가면 여행이 아닌 고행이 된다.

– 한비야

이해하기

여행 가방은 가벼워야 한다. 그래야 고행이 아닌 여행이 된다. 우리의 삶이 여행이라면, 메고 가는 배낭이 가벼워야 한다. 가진 물건, 주어진 책임이 많으면 고행이 된다. 인간관계도 복잡하고 무거우면 고행이 된다. 하고 싶은 일이 너무 많아도 고행이 된다. 가볍게 여행하듯 살자. 오늘도 가볍게 잘 쓰이겠습니다.

필사와 다짐

년 월 일

181 일

오늘의 글

모든 실패의 뒤편에는 연습 부족이 있다. 연습의 핵심은 무던한 반복이다.

– 법산

이해하기

돌이켜보면 거의 모든 실패는 한순간의 실수에서 발생한다. 누가 더 실수를 하지 않는가가 성공과 실패를 좌우한다. 특히 상대가 있는 경쟁에서는 더욱 그렇다. 실수를 줄일 수 있는 유일한 방법은 무던한 연습뿐. 오로지 연습만이 실패를 막을 수 있다. 필사와 다짐을 하며 연습하고 또 연습한다. 오늘도 잘 쓰이겠습니다.

필사와 다짐

년 월 일

182 일

오늘의 글

인생이라는 대학에서 늘 배우고 있습니다. 언제나 저는 학생입니다.
– 브랜슨

이해하기

영국 버진그룹 회장의 가치관이다. 중고 레코드 판매에서 시작해 음악, 항공, 서비스 산업까지 많은 사업체를 일군 기업가다. 또한 무착륙으로 세계 일주 비행, 열기구로 태평양과 대서양을 횡단한 모험가다. 언제나 자신은 학생이라며, 늘 배우고 도전하고 있다. 오늘도 배우는 자세로 잘 쓰이겠습니다.

필사와 다짐

년 월 일

183 일

오늘의 글

실행 없는 비전은 꿈이고, 비전 없는 실행은 낭비다. 비전 있는 행동이 세상을 바꾼다.

– 조엘 바커

이해하기

여기서 비전은 목표다. 목표가 있는 실행은 시간이 지남에 따라 목표지에 가까워진다. 하지만 목표 없는 실행은 바다 위에서 표류하는 뗏목과 같다. 목표가 분명할수록 집중력이 생기고, 목표가 원대할수록 추진력이 생긴다. 10년 후, 1년 후, 1달 후, 오늘의 목표가 있어야 한다. 목표에 집중하며, 오늘도 잘 쓰이겠습니다.

필사와 다짐

년 월 일

184 일

오늘의 글

교도소 출신이건 하버드 출신이건, 사람을 채용한 것이지, 사람의 과거를 채용한 것이 아니다.

– 헨리 포드

이해하기

컨베이어 시스템이라는 혁신 생산 기술을 이용해 자동차 대중화 시대를 연 자동차 제왕의 말씀. 채용 기준은 오로지 주어진 일을 잘할 수 있는가? 장애인, 흑인, 여성을 차별 없이 채용했다. 당시 4만 5천 근로자 중 9,500명이 장애인, 600명이 전과자, 여성과 흑인이 반 이상이었다. 당시에는 파격적인 채용 정책이었다. 오늘도 차별 없이 잘 쓰이겠습니다.

필사와 다짐

년 월 일

185 일

오늘의 글

나는 똑똑하기 보다 단지 더 오래 문제를 생각했을 뿐이다.

– 아인슈타인

이해하기

시간의 힘을 말한다. 아무리 강력한 힘과 능력을 가졌다 해도, 그 힘과 능력을 일정 기간 지속시키지 못하면 변화가 일어나지 않는다. 비록 가진 힘과 능력이 크지 않더라도, 그 힘과 능력을 오래 지속시킬 수 있다면 결국 변화가 일어난다. 힘의 세기도 중요하지만 오래 유지하는 인내, 끈기, 근성도 중요하다. 오늘도 꾸준하게 잘 쓰이겠습니다.

필사와 다짐

년 월 일

186 일

오늘의 글

오늘날 미국 경영자의 95%가 옳은 말을 하고 5%만이 옳은 일을 실행에 옮긴다.

– 포춘지

이해하기

포춘지가 분석한 실패하는 리더들의 치명적 약점은 실행력 부족이다. 무엇이, 어떤 길이 옳은지는 다 안다. 하지만 성공하느냐 못하느냐는 아는 것이 아니라, 아는 것을 행동으로 옮기는 실행력. 스티브 잡스는 아이디어맨이 아니라 집요한 실천가다. 오늘도 집요하게 잘 쓰이겠습니다.

필사와 다짐

년　　월　　일

187 일

오늘의 글

아버지는 자녀에게 으뜸이자 가장 열렬하고 지속적인 최초의 팬이어야 한다.
– 한홍

이해하기

팬은 점잖게 앉아 있는 사람이 아니다. 플래카드를 들고, 고함도 지르고, 박수도 치고, 같이 춤도 추며, 자신의 사랑과 지지를 적극적으로 표현하는 사람이다. 자식들에게 팬이 필요하다. 그의 최초의 팬은 아버지여야 한다. 잘하든 못하든, 무조건 지지하고 응원하는 팬이 있다면 아이들은 참 든든할 것이다. 사랑하는 자식들의 영원한 팬으로 잘 쓰이겠습니다.

필사와 다짐

년 월 일

188 일

오늘의 글

자신이 올바르게 행동하면 엄명을 내리지 않아도 잘 따라온다. 말보다 행동이다.

– 정약용

이해하기

다산의 '목민심서(牧民心書)'에 나오는 관리의 자세다. "솔선수범하라." 또 다른 중요한 자세로 청렴을 강조한다. "청렴은 수령된 자의 의무다. 청렴하지 않고 목민관 노릇을 제대로 한 사람은 아직 없다." 솔선수범과 청렴이 목민관, 즉 지도자의 핵심 자세다. 오늘도 바르게 잘 쓰이겠습니다.

필사와 다짐

년 월 일

189 일

오늘의 글

"왜 골을 못 넣느냐." 비판은 아프지 않다. 하지만 "왜 꾸준하지 못하냐." 비판은 치명적이다.

– 박지성

이해하기

프로와 아마의 차이다. 프로는 꾸준함을 갖추고 있다. 언제, 어떤 상황에서도 본인의 능력을 유지하고 발휘할 수 있다. 즉 신뢰할 수 있다. 하지만 아마는 편차가 커서 잘할 때는 프로수준이지만, 못할 때는 치명적이다. 꾸준함을 만드는 것은 일상의 절제와 연습뿐. 오늘도 꾸준하게 잘 쓰이겠습니다.

필사와 다짐

년 월 일

190 일

오늘의 글

진정 행복한 사람은 내가 어떻게 봉사할지를 발견하고, 이를 행하고 있는 사람이다.

– 슈바이처

이해하기

봉사 대상과 방법은 참으로 다양하다. 문제는 내가 어떻게 봉사할지를 발견해야 한다는 것. 시간이 없어도, 돈이 없어도, 여유가 없어도, 기술이 없어도, 봉사할 방법은 많다. 그리고 멀리 있지도 크게 어렵지도 않다. 마음을 내어 반드시 찾아 행해야 한다. 왜냐하면 봉사는 삶의 보람이요, 행복이니까. 오늘도 잘 쓰이겠습니다.

필사와 다짐

년　　월　　일

191 일

오늘의 글

말을 잘하는 것과 잘 말하는 것은 전혀 다르다. 잘 말해야 하고, 솜씨 중 으뜸이 말솜씨다.
– 정도언

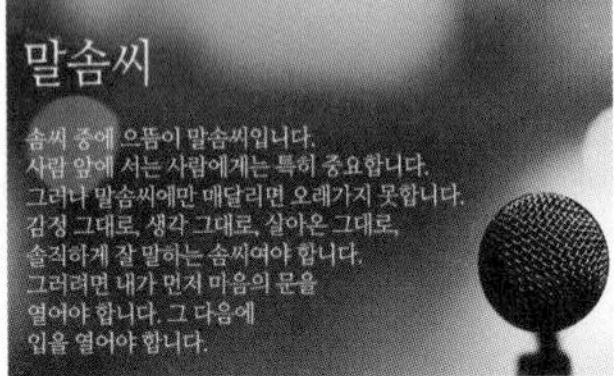

말솜씨
솜씨 중에 으뜸이 말솜씨입니다.
사람 앞에 서는 사람에게는 특히 중요합니다.
그러나 말솜씨에만 매달리면 오래가지 못합니다.
감정 그대로, 생각 그대로, 살아온 그대로,
솔직하게 잘 말하는 솜씨여야 합니다.
그러려면 내가 먼저 마음의 문을
열어야 합니다. 그 다음에
입을 열어야 합니다.

이해하기

청산유수같이 거침없이 말하는 사람을 말 잘한다고 한다. 그렇다고 그 사람에게 신뢰가 생기는 것은 아니다. 심하면 사기꾼 느낌도 난다. 잘 말하는 사람의 말은 솔직함과 진정성이 느껴진다. 말솜씨는 양과 속도의 차이가 아니라, 질과 울림의 차이다. 잘 사는 사람이 잘 말한다. 그 사람의 삶이 말솜씨다. 진실한 말로 오늘도 잘 쓰이겠습니다.

필사와 다짐

년 월 일

192일

오늘의 글

배우기를 멈추면 리더로서의 생명은 끝난다.
– 존 우든

이해하기

리더(Leader)란 새로운 길을 찾고, 결정하고, 실행하는 사람이다. 이 역할을 위해 배우기는 핵심적인 업무다. 이 업무를 멈추면 리더로서의 생명은 끝난다. 또한 조직의 생명도 끝난다. 가정, 모임, 회사, 국가, 어떤 조직에서도 리더는 배움으로 늘 새로워져야 한다. 오늘도 배우며 잘 쓰이겠습니다.

필사와 다짐

년 월 일

193 일

오늘의 글

키스는 만병통치약, 모닝 키스가 비타민보다 낫다.
– 무명

이해하기

'접촉 위안(contact comfort)', 인간은 접촉을 통해 위로와 안정감을 얻는다. 유명한 '헝겊 엄마 vs 철사 엄마' 실험에서 아기원숭이가 헝겊 엄마에게서 떨어지지 않듯, 따뜻하고 부드러운 접촉은 큰 위안이 된다. 접촉의 최고봉이 키스, 모닝 키스가 비타민보다 나은 이유다. 오늘도 접촉하며(키스, 포옹, 악수, 하이파이브) 잘 쓰이겠습니다.

필사와 다짐

년 월 일

194 일

오늘의 글

가까이 있는 사람을 기쁘게 해주면,
멀리 있는 사람이 찾아온다.
– 공자

이해하기

"근자열 원자래(近者悅 遠者來)", 논어에 나오는 공자님 말씀이다. 가까운 곳에 진리가 있다. 가까운 사람을 잘 대해주면, 먼 곳에서 인재가 찾아온다. 가까운 작은 일을 잘 해내야, 먼 큰일도 해낼 수 있다. 하지만 소인은 먼 사람, 먼 일을 생각하느라 가까운 것을 놓친다. 오늘도 주어진 일과 가까운 사람에게 잘 쓰이겠습니다.

필사와 다짐

년 월 일

195일

오늘의 글

성숙기 때 자식을 낳지 않으면 대가 끊기듯, 기업도 신제품을 개발하지 못하면 도태된다.

– 알트슐러

이해하기

오래 장수하는 기업을 보자. 옛날 제품을 여전히 팔고 있는 기업이 있는가? 30년 전 판매 제품과 지금 판매 제품이 같다면, 그 기업은 존재하지 않는다. 사람도 10년 전의 역량과 지금의 역량이 같다면, 도태 또는 은퇴했을 것이다. 자기 계발이 생존 전략이다. 어제보다 나은 오늘을 만들며 잘 쓰이겠습니다.

필사와 다짐

년 월 일

196 일

오늘의 글

한번도 춤추지 않은 날은 잃어버린 날이다.

– 니체

이해하기

"신은 죽었다. 만일 춤추는 신이 있다면, 나는 그를 믿을 것이다." 인간의 실존을 최고의 가치로 여긴 대철학자의 말씀. "오늘 하루, 한번도 즐거운 일이 없었다면, 오늘은 잃어버린 날이다." 일이든, 책이든, 음악이든, 음식이든, 친구든, 가족이든 매일매일, 매순간 즐거움을 느껴야 한다. 오늘도 즐겁게 잘 쓰이겠습니다.

필사와 다짐

년 월 일

197일

오늘의 글

당신이 몸의 주인이 되면, 마음의
주인이 되고, 인생의 주인이 될 수
있다. 건강이 중요하다.
– 이승헌

이해하기

규칙적인 운동으로 몸 관리를 잘하는 사람은 마음도 잘 관리되어 있다. 몸 상태가 좋기에 마음 상태도 좋다. 몸과 마음을 잘 관리하는 사람은 자기 인생을 통제하는 주인. 몸 상태를 잘 살피고, 최상의 상태를 유지하는 것이 인생의 주인으로 사는 길이다. 오늘도 건강히 잘 쓰이겠습니다.

필사와 다짐

년 월 일

198 일

오늘의 글

평생 배워야 한다.
다른 사람을 잘 관찰하는 것도 좋은
학습 방법이다.
– 다이먼

이해하기

다양한 학습 방법이 있다. 책을 보고 강의를 듣는 것만 아니라, 일상 속에서 무수한 학습의 기회가 있다. 길을 걸을 때, 사람을 만날 때, 일할 때, 놀거나 쉴 때…. 모든 과정이 학습이 되기 위해서는 호기심과 관찰력이 필요하다. '왜 그렇지?' 라는 호기심을 가지고 잘 살펴야 한다. 그러면 삶 자체가 배움이 되고, 즐거움이 된다. 오늘도 잘 관찰하며 잘 쓰이겠습니다.

필사와 다짐

년 월 일

199 일

오늘의 글

못난 지도자는 백성들이 경멸하는 사람이요, 뛰어난 지도자는 백성들이 존경하는 사람이요, 위대한 지도자는 백성들이 사랑하는 사람이다.

– 노자

이해하기

백성들이 경멸하는 이유는 자기보다 못하다고 생각하기 때문이고, 존경하는 이유는 자기보다 낫다고 생각하기 때문이다. 백성들이 사랑하는 이유는 나와 같다는 동질감을 느끼기 때문. 사랑을 베풀고 받은 사람이 위대한 지도자다. 오늘도 사랑으로 잘 쓰이겠습니다.

필사와 다짐

년 월 일

200 일

오늘의 글

지혜는 듣는 데서 오고,
후회는 말하는 데서 온다.
– 영국 속담

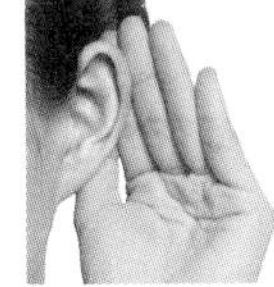
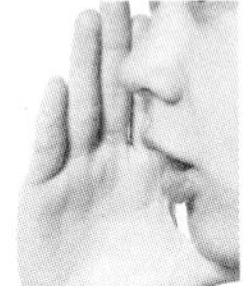

이해하기

칭기즈칸 말씀, "배운 게 없어 힘이 없다고 말하지 마라. 나는 내 이름도 쓸 줄 몰랐으나, 남의 말에 귀 기울이면서 현명해지는 법을 배웠다." 배움은 듣는 과정이지, 말하는 과정이 아니다. 후회는 말하는 과정이지, 듣는 과정이 아니다. 여러모로 말하기보다 듣기가 유익하다. 잘 들으며 오늘도 잘 쓰이겠습니다.

필사와 다짐

년 월 일

201 일

오늘의 글

일상을 바꾸기 전에는 삶을 변화시킬 수 없다. 성공의 비밀은 일상에 있다.
– 존 맥스웰

이해하기

성공과 실패는 결과이지만, 이 결과는 과정이 만든다. 성공의 과정을 거치면 성공의 결과가 나오고, 실패의 과정을 거치면 실패의 결과가 나온다. 실패의 과정에서 결코 성공의 결과가 나올 수 없다. 과정은 일상이다. 어떤 일상을 살고 있는지가 성공과 실패를 좌우한다. 바른 생각, 말, 행동으로 오늘도 잘 쓰이겠습니다.

필사와 다짐

년 월 일

202 일

오늘의 글

이스라엘 군대에는 "돌격"이란 명령이 없다. 오직 "나를 따르라"가 있을 뿐.

– 미디어

이해하기

이스라엘은 시리아, 레바논, 이라크, 이집트, 요르단 등과 1948년 이후 4차례 중동전쟁에서 모두 승리하였다. 물론 미국의 강력한 지원도 있었지만, "나를 따르라"라는 솔선수범의 리더십이 결정적이었다. 똘똘 뭉쳐 일사불란하게 움직여 세계 최강의 군대로 불린다. 지도자는 "돌격"이 아닌 "나를 따르라"를 외쳐야 한다. 오늘도 잘 쓰이겠습니다.

필사와 다짐

년 월 일

203 일

오늘의 글

우리들의 행복은 십중팔구 건강에 의해 좌우되는 것이 보통이다.
– 쇼펜하우어

이해하기

건강은 행복의 가장 중요한 요소다. 대철학자가 십중팔구라 했으니 행복의 80~90%. 건강하기만 해도 충분히 행복하다는 뜻이다. 문제는 이렇게 중요한 건강의 가치를 모른다. 병이나 사고가 발생했을 때 비로소 실감한다. 참으로 어리석은 후회다. 지금 내가 건강하다면 아주 행복한 상태이다. 오늘도 행복하게 잘 쓰이겠습니다.

필사와 다짐

년 월 일

204 일

오늘의 글

에디슨이 전구를 만든 것이 성공이 아니라, 그가 그때까지 좌절하지 않는 것이 성공이다.

– 데이비드 킴

이해하기

전구의 핵심인 필라멘트 물질을 찾기 위해 1000번 이상의 실험을 했고, 결국 텅스텐을 찾아냈다. 그는 말한다. “내 발명 중 우연으로 만들어진 것은 없다. 노력할 가치가 있는 일을 발견하고, 이뤄질 때까지 시도하고 또 시도했다. 요약하면 1퍼센트의 영감과 99퍼센트 노력이다.” 성공은 집요한 노력의 결과물이다. 오늘도 집요하게 잘 쓰이겠습니다.

필사와 다짐

년 월 일

205 일

오늘의 글

부부가 싸우려면 애를 고아원에 보내는 편이 낫다. 애를 바르게 키우려면 부모가 행동을 바르게 해야 한다.

– 법륜

이해하기

엄마 뱃속에서 3살까지 자아, 즉 정체성이 만들어진다. 이때 받은 사랑과 감정이 자신의 심성이 된다. 4살부터 사춘기 전까지 아이들은 따라 배우기를 한다. 부모의 말, 행동을 그대로 배운다. 그래서 이때 부모는 늘 모범을 보여주어야 한다. 바른 마음, 바른 행동의 부모가 바른 마음, 바른 행동의 아이를 만든다. 오늘도 바르게 잘 쓰이겠습니다.

필사와 다짐

년　　월　　일

206 일

오늘의 글

학력, 능력은 중요치 않다. 필요한 모든 교육은 조직이 시킬 수 있다. 문제는 태도다.
– 허브 켈러

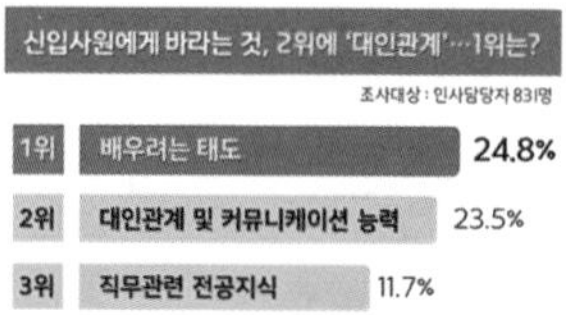

신입사원에게 바라는 것, 2위에 '대인관계'…1위는?

조사대상 : 인사담당자 831명

1위	배우려는 태도	24.8%
2위	대인관계 및 커뮤니케이션 능력	23.5%
3위	직무관련 전공지식	11.7%

이해하기

'태도(Attitude)'란 어떤 사물이나 상황을 대하는 자세다. 긍정적인지 부정적인지, 부지런한지 게으른지, 치밀한지 대충하는지, 표정이 밝은지 어두운지, 능동적인지 수동적인지. 개인의 행복뿐 아니라, 조직에서 구성원의 태도는 성과와 직결된다. 태도가 정말 중요하다. 오늘도 긍정의 태도로 잘 쓰이겠습니다.

필사와 다짐

년 월 일

207 일

오늘의 글

성과 창출은 약점이 아니라 강점에 달려있다.
– 피터 드러커

이해하기

보통 약점을 보완하고 강점을 강화하라고 말한다. 하지만 충분한 시간이 주어지지 않는다면, 약점보다 강점에 집중해야 한다. 내가 잘할 수 있고, 남들과 차별화할 수 있는 일에 집중해야, 성과를 내고 승리할 수 있다. 약점은 쿨하게 인정하고, 절대 사로잡혀 의기소침해지면 안 된다. 오늘도 강점에 집중하며 잘 쓰이겠습니다.

필사와 다짐

년 월 일

208 일

오늘의 글

반복은 피로를 야기하는 독이기도 하지만, 달인을 만드는 약이기도 하다.
– 여준영

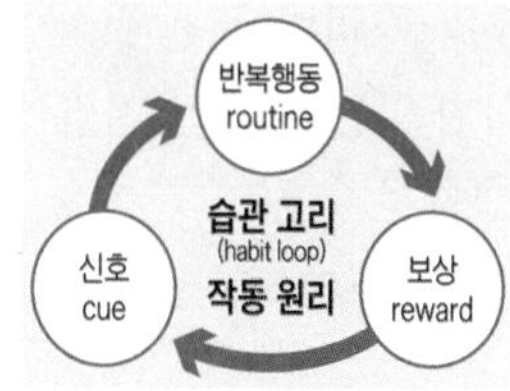

이해하기

어떤 분야이든 달인이 되기 위한 필요조건은 꾸준한 반복 연습이다. 말콤 박사는 이를 '만 시간의 법칙'으로 표현하였고, 하루에 3시간 10년이라는 과정을 통과해야 전문가 레벨에 오를 수 있다. 익숙해져 무의식적인 습관이 되기 위해서는 오로지 꾸준한 반복 연습뿐이다. 오늘도 필사와 다짐을 하는 이유다. 잘 쓰이겠습니다.

필사와 다짐

년 월 일

209 일

오늘의 글

훌륭한 리더는 쉽게 제안하거나 지시하지 않는다. 듣는 사람에게는 쉽지 않기 때문이다.

– 골드 스미스

이해하기

사장이 쉽게 말을 던지면 직원은 너무 어렵다. 왜냐하면 방법을 찾고 행동으로 옮겨야 하기 때문. 훌륭한 리더는 말하는 대신 경청을 한다. 협의를 통해 합의를 이끌고, 결정된 사항을 모두에게 공표하고, 집요하게 밀고 간다. 지위가 높을수록 쉽게 제안하고 지시해서는 안 된다. 오늘도 잘 들으며 잘 쓰이겠습니다.

필사와 다짐

년 월 일

210 일

오늘의 글

기회가 왔을 때 그것이 기회라는 것을 알 수 있는 지혜가 필요하다.

– 법산

이해하기

기회는 예쁘고 편안한 모습으로 오지 않는다. 기회라는 동전의 반대면은 위험하고 불안한 모습이다. 모두가 어렵다고 말할 때, 모두 힘들다고 말할 때, 모두 죽겠다고 말할 때, 이때가 기회다. 기회가 와도 준비가 되어있지 않으면 잡을 수 없다. 위기와 기회는 같이 온다. 오늘도 준비하는 자세로 잘 쓰이겠습니다.

필사와 다짐

년　　월　　일

211 일

오늘의 글

오바마가 가장 잘한 일은 클린턴을 국무장관으로 기용한 일이다.
– 타임즈

이해하기

경쟁자를 제2의 권력 위치에 앉힌다. 부러운 미국 문화다. 경쟁은 경쟁이고, 결과가 나면 깔끔하게 승복한다. 더구나 경쟁자를 파트너 삼아 함께 일을 수행한다. 오바마 대통령의 가장 훌륭한 능력이 바로 이런 포용력일 것이다. 포용은 승자의 미덕이다. 오늘도 포용하며 잘 쓰이겠습니다.

필사와 다짐

년　　월　　일

212 일

오늘의 글

배우는 시간, 공간, 내용이 아니라 스승의 존재가 제자의 성장을 촉진한다.
– 홍승완

좋은 스승
좋은 제자
디모데후서 3:15-17

이해하기

진정한 스승은 존재만으로 제자들이 성장하고 발전한다. 말, 글, 행동, 기술이 아닌 존재만으로 든든하고 제자를 성장시킨다. 나의 스승은 살아있는 존재로 법륜 스님, 상상 속 존재로 부처님이다. 참으로 든든하다. 반드시 스승이 있어야 한다. 오늘도 스승의 길을 따라 잘 쓰이겠습니다.

필사와 다짐

년 월 일

213 일

오늘의 글

표현에 너무 인색한 한 해였습니다.
새해에는 후회 없이 표현하고자 합니다.
죄송합니다. 감사합니다. 사랑합니다.
– 법산

안녕하세요 반갑습니다
사랑합니다 축복합니다
환영합니다 미안합니다
고맙습니다 감사합니다
죄송합니다 최고예요!

이해하기

사람이 한 해를 마치며, 인생을 마치며, 가장 후회하는 것이 솔직하게 표현하지 못하고 산 것이라고 한다. 인간이기에 잘못할 수 있다. “죄송합니다.” 인간이기에 의지하며 산다. “감사합니다.” 인간이기에 좋은 느낌이 든다. “사랑합니다.” 후회 없이 표현하는 하루, 한 해, 인생을 살자. 오늘도 솔직하게 표현하며 잘 쓰이겠습니다.

필사와 다짐

년 월 일

214 일

오늘의 글

보고 싶은 사람이 있으면 당장 만나라.
찾아주기 바라지 말고 당장 찾아가라.
– 오츠슈이치

이해하기

능동적 자세와 수동적 자세가 있다. 내가 찾아가는 것은 능동적, 찾아주기를 바라는 것은 수동적. 행복과 성취는 능동에 있고, 후회와 자책은 수동에 있다. 기다리지 말고 찾아가자. 내가 찾아가면 상대도 좋아한다. 종이 아닌 내 인생의 주인으로 능동적으로 살자. 오늘도 주인으로 잘 쓰이겠습니다.

필사와 다짐

년 월 일

215 일

오늘의 글

나이 들수록 외모는 권력이다.
잘 가꾸어야 한다.
– 이창기

이해하기

나이 들수록 중요해지고, 차별화되는 가치가 건강이다. 나이 들수록 생기가 넘치고, 반듯하고, 중후한 사람이 있다. 평소에 신체적, 정신적으로 잘 가꾼 사람이다. 결코 자신을 방치하면 안 된다. 나이 들수록 자신을 잘 가꾸어야 한다.(성형은 가꿈이 아니라 위장)
오늘도 건강하게 잘 쓰이겠습니다.

필사와 다짐

년 월 일

216 일

오늘의 글

지식, 잠재능력, 재능은 하나도 중요치 않다. 오직 실천만이 그들에게 생명을 부여한다.

– 타고르

이해하기

"구슬이 서 말이라도 꿰어야 보배", 아무리 지식이 많아도, 잠재능력이 커도, 재능이 넘쳐도 사용하지 않으면 의미가 없다. 어디에 사용할 것인가? 개인의 영달과 욕망을 위해? 가족을 위해? 사회와 국가와 인류를 위해? 어디에 사용하든 실천해야 의미가 있다. 핵심은 실천이다. 내 능력과 재능을 잘 활용해 오늘도 잘 쓰이겠습니다.

필사와 다짐

년 월 일

217 일

오늘의 글

행복은 목적이 아닌 도구다.
강도가 아닌 빈도다.
– 서은국

이해하기

행복은 인생에서 추구해야 할 거창한 목적이 아니라, 구체적인 경험에서 뇌가 느끼는 쾌감이다. 좋아하는 사람을 만나 맛있는 음식을 먹는 것, 이것이 행복이고, 개인의 생존과 번식에 유리한 쾌감이다. 행복은 강도 보다 빈도가 중요하다. 큰 한방 보다 작은 여러방이 행복도를 크게 한다. 수시로 행복을 느끼며 오늘도 잘 쓰이겠습니다.

필사와 다짐

년　　월　　일

218 일

오늘의 글

행복하기 위해 사는 것이 아니라,
살기 위해 행복해야 한다.
– 서은국

이해하기

행복해서 웃는 것이 아니라, 웃어서 행복해진다. 인지 심리학에서, 행동을 함으로써 마음이 변한다는 것은 수많은 실험을 통해 입증된 사실이다. "마음이 행동을 유발하고, 행동이 마음을 유발한다." 행동 방식을 변화시키면 행복해진다. 좋은 사람과 맛난 식사를 해라. 행복감이 충만해진다. 오늘도 행복하게 잘 쓰이겠습니다.

필사와 다짐

년 월 일

219 일

오늘의 글

지금 할 수 있는 만큼 하는 게 중요하다. 그래야 지치지 않고 오래 할 수 있기 때문이다.
– 이근후

이해하기

밤새워 공부하는 벼락치기는 이틀 하기 어렵다. 100m 달리기 속도로 1km를 달릴 수 없다. 공부 잘하는 사람은 절대 벼락치기를 하지 않는다. 마라톤 선수는 오버페이스를 가장 두려워한다. 무리하면 지치고, 지치면 오래 할 수 없고, 결국 성과를 내기 어렵기 때문. 지금 할 수 있는 만큼을 꾸준히 하는 게 중요하다. 오늘도 꾸준하게 잘 쓰이겠습니다.

필사와 다짐

년 월 일

220 일

오늘의 글

현재와 5년 후 당신의 차이는 그 동안 만난 사람들과 읽은 책에 달려있다.

– 존스

당신이 만나는 사람이 당신의 인생을 결정한다
인생을 바꾸고 싶다면 만나는 사람부터 바꿔라!

이해하기

사람에게 가장 큰 영향력을 주는 것은 사람이다. 특히 자주 만나는 사람. 왜냐하면 그 사람의 생각, 말, 행동 에너지가 나에게 고스란히 전달되기 때문이다. 책도 사람이다. 한 사람의 생각 에너지 결정체이기에. 만난 사람과 읽은 책으로 나는 변화되어 간다. 좋은 사람, 좋은 책을 접하며 오늘도 잘 쓰이겠습니다.

필사와 다짐

년 월 일

221 일

오늘의 글

바닥에 짐을 싣지 않는 배는 안전하지 못하여 위태롭게 항해한다.
– 쇼펜하우어

이해하기

실존주의 독일 철학자는 강조한다. 적당한 근심, 고통, 고난은 누구에게나 필요한 것이라고. 이것이 없다면 바닥이 빈 배와 같아서 매우 위태롭다. 아무 부족함 없이 편안하게 자란 귀공자가 위기 상황에서 어쩔 줄 몰라 하는 이유와 같다. 적당한 근심, 고통, 고난은 안전한 항해를 도와준다. 오늘도 가볍게 잘 쓰이겠습니다.

필사와 다짐

년 월 일

222 일

오늘의 글

3년간 일기를 쓴 사람은 장래 무언가 이룰 사람이며, 10년을 쓴 사람은 이미 이룬 사람이다.

– 미우라 아야코

이해하기

'빙점' 을 쓴 일본의 대표작가. 남편의 잡화상 가게를 돕던 주부로 문단에 등단했다. 그녀가 글을 쓸 수 있었던 힘은 일기였다고 말한다. 매일 자신과 삶을 돌이켜보는 실천을 3년간 한다면 장래 무언가 이룰 사람이며, 10년을 했다면 이룬 사람이다. 오늘도 정성스럽게 필사와 다짐을 한다. 잘 성장하여 잘 쓰이겠습니다.

필사와 다짐

년 월 일

223 일

오늘의 글

기업이 도태되는 이유는 경쟁사가 아닌 고객에 있다. 의지할 것은 고객뿐이다.

– 왕중추

이해하기

주객(主客)이 전도되면 안 된다. 무엇이 주이고, 무엇이 객인지 구분하여, 주에 집중해야 한다. 나에게 주는 고객이고, 경쟁사는 객이다. 나에게 주는 아내 · 남편이고, 부모 · 자식은 객이다. 객의 소리에 흔들릴 때 나와 주의 관계는 와해되고, 결국 쓰러진다. 내가 의지하고 집중할 곳은 고객과 아내 · 남편이다. 오늘도 주에게 잘 쓰이겠습니다.

필사와 다짐

년 월 일

224일

오늘의 글

리더란 오리를 더 나은 오리로, 독수리를 더 나은 독수리로 향상 시키는 사람이다.

– 존맥스웰

이해하기

내가 누구와도 같지 않듯이, 사람들 모두는 제각각이다. 오리는 독수리가 될 수 없고, 독수리는 오리가 될 수 없다. 오리가 오리다워지고, 독수리가 독수리다워지도록 도와주는 사람을 리더라 부른다. 리더는 각자의 달란트를 최대치로 올리는 사람이다. 오늘도 나의 모습으로 잘 쓰이겠습니다.

필사와 다짐

년 월 일

225 일

오늘의 글

태도는 교육, 재산, 환경, 성공보다 중요하다. 태도는 외모, 재능, 기술 보다 훨씬 중요하다.
– 척스윈돌

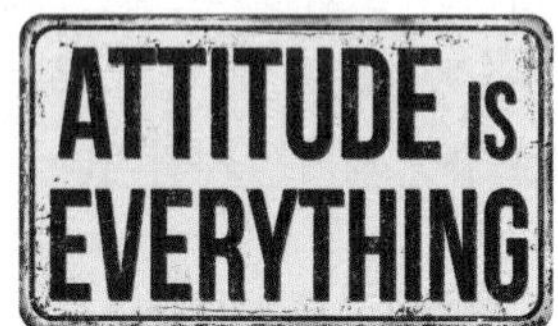

이해하기

사람을 만나면 가장 먼저 보는 것이 무엇인가? 그 사람의 태도다. 나에게 어떤 태도를 보이는지? 다른 사람에게 어떤 태도를 보이는지? 어떤 삶의 태도를 가지고 있는지? 한 사람의 태도는 가정, 회사, 조직을 흥하게도, 파괴하기도 한다. 이렇게 중요한 태도는 내가 선택하고 내가 만드는 것이다. 긍정과 감사의 태도로 오늘도 잘 쓰이겠습니다.

필사와 다짐

년 월 일

226 일

오늘의 글

아르헨티나 vs 독일 = 0:4,
브라질 vs 네덜란드 = 1:3,
개인기는 팀워크를 이길 수 없다.
– 법산

이해하기

2010년 월드컵 경기 결과. 유난히 스타 플레이어가 많았던 아르헨티나, 브라질이 팀워크가 좋았던 독일, 네덜란드에 대패했다. 이유는 11명이 뛰는 단체 경기이기 때문. 축구 명장들의 공통된 리더십도 개인기가 아닌 팀워크를 극대화하는 것이다. 조직의 승리는 팀워크에 달려 있다. 팀워크를 생각하며 오늘도 잘 쓰이겠습니다.

필사와 다짐

년 월 일

227일

오늘의 글

"나중에 한번 보자" 말하며 전화를 끊었다. 한번 볼 날을 기대했다. 그러나 볼 날이 없었다. 그렇게 "나중에"는 없었다.

– 박영신

이해하기

"나중에 한번 보자" 말하며 본 사람이 얼마나 되는가? 그렇게 잊혀지는 사람이 얼마나 많은가? 결국 보지 못하고 보낸 사람은 얼마나 많은가? 나중은 없다. "나중에 한번 보자"라는 말은 쓰지 말자. 안 보든지 만나든지 둘 중 하나다. 친구는 인생의 보물이다. 늘 곁에 두고 자주 보아야 한다. 오늘도 잘 쓰이겠습니다.

필사와 다짐

년 월 일

228 일

오늘의 글

이문이 아닌 사람이 남는 장사를 해라.
이것이 부자의 비법이다.
– 개성상인

이해하기

장사는 내가 밑져야 성공한다. 손해를 보라는 말이 아니라, 적정 이윤만 남기고 나머지는 손님 몫으로 돌려주라는 뜻이다. 자기 이익만을 추구하면 일시적으로 돈을 벌 수 있지만, 결코 오래 가지 못한다. 왜냐하면 고객도, 사람도 남지 않기 때문. 자신의 이익을 내려놓고 사람을 남기는 것이 부자의 비법이다. 오늘도 사람을 위해 잘 쓰이겠습니다.

필사와 다짐

년 월 일

229일

오늘의 글

어설픈 정신상태의 일류보다, 하겠다고 덤비는 삼류가 낫다.
– 나가모리

- 일본전산의 모토
  1. 즉시 한다 (Do it now)
  2. 반드시 한다 (Do it without fail)
  3. 될 때까지 한다 (Do it until completed)
- 일본전산을 강하게 만든 3대 정신
  1. 핵심 가치 : 정열, 열의, 집념
  2. 행동 강령 : 지적 하드워킹
  3. 행동 지침 : 즉시 한다. 반드시 한다. 될 때까지 한다.

이해하기

일본 전산의 창업주이자 M&A의 신이라 불린다. 60개 이상의 회사를 인수해 모두 1년 내에 정상화했다. 학력, 재능보다 열정, 행동력을 중요하게 생각한다. 신입사원 채용도 빨리 밥 먹는 사람, 가장 오래 달리는 사람을 뽑았다. 어설픈 일류보다 덤비는 삼류가 낫다. 열정의 힘으로 오늘도 잘 쓰이겠습니다.

필사와 다짐

년 월 일

230 일

오늘의 글

얼굴이 잘생긴 것은 몸이 건강한 것만 못하고, 몸이 건강한 것은 마음이 바른 것만 못하다.

– 김구

이해하기

조선말, 부패한 과거시험을 접고 아버지의 권유로 관상학을 공부했다. 책의 마지막 말에 감동하여 평생의 좌우명으로 삼았다. "상호불여신호(相好不如身好) 얼굴의 좋음이 몸의 좋음만 못하고, 신호불여심호(身好不如心好) 몸 좋음이 마음 좋음만 못하다." 마음을 가꾸는 내적 수행에 매진해 우리가 가장 존경하는 위인이 되셨다. 오늘도 바른 마음으로 잘 쓰이겠습니다.

필사와 다짐

년　　월　　일

231 일

오늘의 글

행운은 하늘에서 떨어지는 것이 아니라, 내 발뒤꿈치에서 솟아나는 것이다.

– 김영식

이해하기

행운(幸運)은 좋은 운을 뜻한다. 운(運)은 움직임을 뜻한다. 정해져 있거나 멈춰 있는 것이 아니다. 운이 좋은 사람이란 움직임이 좋은 사람을 말한다. 운을 좋게 하려면 움직임을 좋게 해야 한다. 선하게, 바르게, 부지런히 움직이면 좋은 운, 행운이 온다. 오늘도 부지런히 잘 쓰이겠습니다.

필사와 다짐

년　　월　　일

232 일

오늘의 글

체력과 정신력은 하나의 배터리에서 나온다.

– 김경일

이해하기

수많은 실험을 통해 밝혀진 사실은 체력과 정신력은 같다는 것. 즉 체력이 고갈되면 정신력이 고갈되고, 체력이 충만하면 정신력도 충만하다. 절대 체력과 정신력은 별개의 것이 아니다. 체력을 단련하는 것이 정신력을 단련하는 것이고, 체력을 아끼는 것이 정신력을 아끼는 것이다. 힘의 안배를 잘하며 오늘도 잘 쓰이겠습니다.

필사와 다짐

년 월 일

233 일

오늘의 글

누군가 나를 구원해 준다고 믿는 것은, 헬스장 코치가 열심히 운동하면 내 몸에 근육이 붙는다고 믿는 것과 같다.
– 윤민

이해하기

헬스장 코치는 운동하는 방법을 알려주는 사람일 뿐, 내가 직접 운동을 해야 근육이 붙는다. 부처님, 예수님, 공자님, 수많은 인류의 스승은 우리에게 행복의 길을 알려주었을 뿐. 그 길은 내가 직접 가야 한다. 내가 나를 구원해야 한다. 오늘도 내 행복을 위해 잘 쓰이겠습니다.

필사와 다짐

년 월 일

234 일

오늘의 글

무엇을 먹느냐보다 누구와 먹느냐가
중요합니다.
– 이치로

이해하기

인간의 생존 욕구는 가장 중요한 본능이다. 생존을 위해 필요한 것이 2가지 있는데, 하나는 음식이고, 다른 하나는 공동체다. 생존을 위해 음식을 먹어야 하고, 공동체를 만들어 도처의 위험을 피해 왔다. 믿을 만한 사람과 맛난 음식을 먹는 것이 편안하고 즐거운 이유다. 좋은 사람들과 식사를 하며, 오늘도 잘 쓰이겠습니다.

필사와 다짐

년 월 일

235 일

오늘의 글

리더는 무엇을 할 것인가 보다 무엇을 중단할 것인가를 고민해야 한다.
– 피터 드러커

이해하기

스티브 잡스가 애플에 복귀해 가장 먼저 한 일은, 이익이 나지 않는 수많은 제품을 폐기한 것. 그리고 잘 팔리는 주력 제품에 집중했다. 몸에 병이 생기면 병을 치료하기 위해 새로운 시도를 더한다. 하지만 정작 중요한 것은 병을 일으킨 원인을 제거하는 것이다. 빼는 힘이 더하는 힘보다 세다. 쓸데없는 힘을 빼고 오늘도 잘 쓰이겠습니다.

필사와 다짐

년　　월　　일

236 일

오늘의 글

윗사람, 아랫사람이 같은 목표를 바라볼 때 승리할 수 있다.

– 티벳 속담

이해하기

"상하동욕자승(上下同欲者勝)", 윗사람, 아랫사람이 같은 욕구(목표)를 가질 때 승리할 수 있다. 역사적으로 위기를 극복한 힘은 혼연일체, 모두가 같은 목표를 향해 힘을 합쳤기 때문이다. 리더의 중요한 역할이다. 모든 구성원이 같은 목표를 가지고 있다면, 그 일은 반드시 이루어진다. 오늘도 리더로 잘 쓰이겠습니다.

필사와 다짐

년 월 일

237 일

오늘의 글

웃음이 없는 삶은 삶이 아니다.
오늘 웃는 자가 최후에도 웃을 것이다.
– 니체

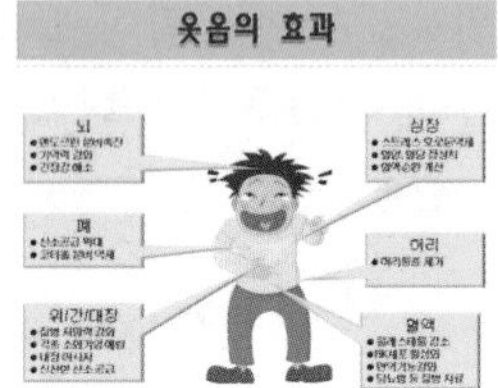

이해하기

의학적으로 웃음은 질병을 예방, 치유한다. 크게 한번 웃으면 몸 속 근육 650개 중 231개가 움직인다. 15초 동안 박장대소하면 100m 전력 달리기 효과와 동일하다. 웃음은 부교감신경을 자극해 심장을 안정시키고, 몸 상태를 편안하게 만든다. "소문만복래(笑門萬福來)", 복도 오게 한다. 웃음은 장점이 너무 많아 억지웃음이라도 지어야 한다. 시원하게 웃으며, 오늘도 잘 쓰이겠습니다.

필사와 다짐

년 월 일

238 일

오늘의 글

리더십은 남에게 강요하는 것이 아니라,
내가 가는 길을 보여주는 것이다.
– 김택진

이해하기

사람이 움직이는 2가지 이유가 있다. 하나는 외부의 압력을 받는 경우이고, 다른 하나는 자발적 동기가 생기는 경우. 압력을 행사하는 사람을 독재자, 보스라 하고, 동기를 만드는 사람을 리더, 지도자라고 한다. 리더십은 행복하고 보람 있는 길을 내가 즐겁게 가고 있음을 보여주는 것. 오늘도 행복하게 잘 쓰이겠습니다.

필사와 다짐

년 월 일

239 일

오늘의 글

자신의 삶을 자기방식대로 살아가는 것이 바람직하다. 그 방식이 최선이라서가 아니라, 내 삶을 사는 길이기 때문이다.

– 존 스튜어트

이해하기

자기방식대로 사는 것이 자연의 섭리다. 토끼는 토끼, 개미는 개미, 나무는 나무의 방식대로 살아간다. 모든 나무도 각자의 모습과 방식으로 살아간다. 어떤 방식이 좋다 나쁘다 말할 수 없다. '비교' 라는 단어는 자연계에 존재하지 않는다. 각자의 삶을 각자의 방식으로 살아갈 뿐. 오늘도 나의 방식으로 잘 쓰이겠습니다.

필사와 다짐

년 월 일

240 일

오늘의 글

기술의 융합과 복합이 활발해지면서 1등과 2등의 격차가 줄어들고, 이름 없는 기업이 순식간에 선두에 설 수 있다.

– 이건희

로고	기업	국가	시가총액	시가총액
	애플		924	1046
	아마존		859	971
	구글		809	915
	마이크로소프트		792	896
	페이스북		587	663
	알리바바		479	542
	텐센트		474	536
	버크셔 해서웨이		470	531
	JP모건 체이스		360	407
	존슨앤존슨		333	377

이해하기

그림은 글로벌기업의 시가총액 Top 10(2019년). 10년 동안 Top 10을 유지한 기업은 오로지 MS 뿐이다. 9개 회사가 모두 새롭게 등장한 기업. 우리나라도 10년 동안 Top 10을 유지한 회사는 삼성전자와 SK 하이닉스 뿐이다. 사람도 그렇다. 융복합으로 새롭게 무장한 사람들이 순식간에 선두에 선다. 핵심은 새로움. 오늘도 새롭게 잘 쓰이겠습니다.

필사와 다짐

년 월 일

241 일

오늘의 글

머리를 많이 쓰는 사람일수록 몸을 움직여 균형을 찾아야 한다.

– 김혜령

이해하기

머리를 오래 쓰면 얼굴은 상기되고, 머리는 뜨거워지며, 목덜미가 당기고, 어깨가 굳는다. 이는 사용 한계치를 넘었기 때문. 머리가 뜨겁다든지, 목덜미, 어깨가 뻣뻣하면 바로 몸을 움직여야 한다. 깊은 호흡을 하고, 스트레칭을 하고, 약간의 산책이면 충분하다. 몸을 잘 풀어줘야 머리를 잘 쓸 수 있다. 편안하게 오늘도 잘 쓰이겠습니다.

필사와 다짐

년 월 일

242 일

오늘의 글

상대가 낮게 가면 더 높게 갈 것을 지향하고, 상대가 높게 가면 그보다 높아지기 위한 노력을 하는 게 우리의 경쟁 원칙이다.

– 이준석

이해하기

2021년 대한민국 헌정사상 최연소(36세) 당대표로 선출되어 수락연설에서 했던 말. 2020년 미국 민주당 전당대회에서 미셸 오바마가 말한다. "When they go low, we go high.(그들이 저급할 때 우리는 품위 있게 가자)" 같이 저급하게 놀지 말고, 높고 품격 있게 놀아보자. "니는?"이 아니라 "나는~". 오늘도 품격 있게 잘 쓰이겠습니다.

필사와 다짐

년 월 일

243 일

오늘의 글

나의 영웅 사진을 붙여 놔라. 내가 아무것도 못하고 책상에 엎어져 있을 때, 그가 날 일으켜 세울 것이다.
– 클레온

이해하기

상당히 효과가 있다. 나의 영웅, 나의 멘토, 내가 되고 싶은 사람, 사랑하는 가족 사진도 좋다. 내가 아무것도 못 할 때, 방황할 때, 무기력할 때, 막막할 때, 때론 너무 힘들 때, 슬플 때 책상 위에 놓인 한 장의 사진은 큰 위로가 될 것이다. 다시 일어날 힘이 된다. 자주 볼 수 있는 곳에 붙여 놔라. 오늘도 잘 쓰이겠습니다.

필사와 다짐

년 월 일

244일

오늘의 글

빠르게 가고 싶다면, 일은 원인부터, 공부는 기초부터, 사랑은 나부터, 만남은 작은 것부터 다져가야 한다.

– 정영욱

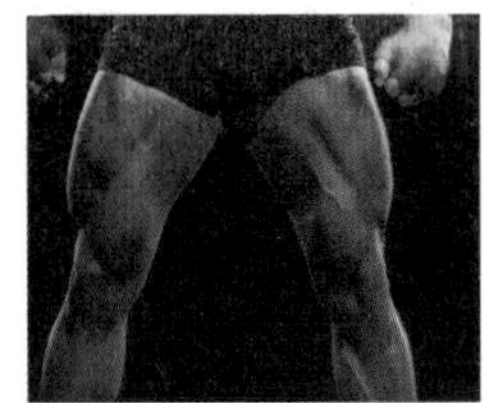

이해하기

단거리 육상선수가 기록 향상을 위해 하는 운동은 달리기가 아니라 근육 만들기다. 강력한 근육이 만들어져야 그 힘으로 빨리 달릴 수 있기 때문. 일에 문제가 생기면 원인을 해결해야 한다. 공부는 기초가 중요하다. 나부터 사랑해야 한다. 작은 만남을 소중히 여겨야 한다. 기본에 충실하며 오늘도 잘 쓰이겠습니다.

필사와 다짐

년 월 일

245일

오늘의 글

사랑하는 사람들 사이에는 더 많이 지는
사람이 끝내 승리자라는 비밀.
– 나태주

이해하기

이기는 사람이 승리자가 아니라, 져주는 사람이 진정한 승리자다. 상대를 이기기는 쉽지 않다. 근데 이길 수 있는데 져주기는 더 쉽지 않다. 온전하고 충만한 사랑이 없으면 어려운 일이다. 져주는 사람은 사랑이 충만한 진정한 승리자다. 사람들에게 기꺼이 져주며 오늘도 잘 쓰이겠습니다.

필사와 다짐

년 월 일

246 일

오늘의 글

웃음 아낄 게 뭐 있어요.
죽는 그 날까지 무대에서 사람들과
웃고 싶어요.
– 송해

이해하기

이어지는 말, "나는 무대에서 시작해서 무대에서 죽을 사람입니다. 다른 길로 가면 100번 지게 돼 있어요. 무대인은 무대만 생각하며 살아야 합니다." 1927년생 대한민국 최고령 현역 연예인의 인생 철학이다. 자기 소명에 충실하며, 사람들과 웃으며 살고 싶다. 오늘도 방긋방긋 웃으며 잘 쓰이겠습니다.

필사와 다짐

년　　월　　일

247일

오늘의 글

일하는 재미를 아는 사람은 반드시 성공한다.
– 법산

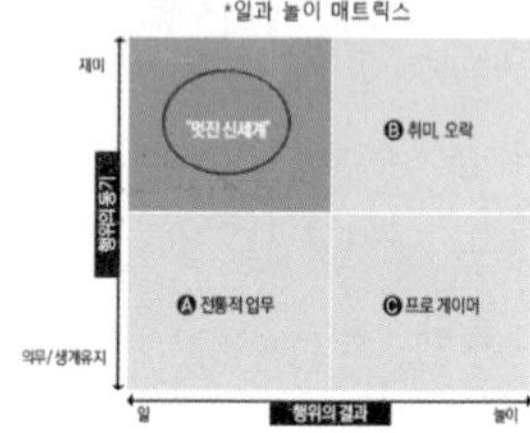

이해하기

일로 성공한 모든 사람들의 특징은 '일이 노동이 아니라 놀이' 라는 사실. 일 자체가 재미있고 신난다. 그래서 시간 가는 줄 모르고 밤새워 일해도 지치지 않는다. 일을 이렇게 하는데 어떻게 성공하지 않을 수 있을까? 이런 일을 찾는 것이 인생의 과제이다. 찾는 방법은 시도와 도전뿐. 늘 도전하는 자세로 오늘도 잘 쓰이겠습니다.

필사와 다짐

년　　월　　일

248 일

오늘의 글

웃다가 생긴 주름은 아름답다.

– 안성기

이해하기

한국 3대 영화상인 청룡영화상, 백상예술대상, 대종상의 트리플 크라운을 이룬 대표 국민배우다. 50년 넘는 연기 활동을 하며 온화한 미소와 부드러운 이미지로 한결같은 모습을 보여주고 있다. 그의 웃는 모습은 늘 편안하고 따뜻하다. 그의 주름은 아름답다. 오늘도 활짝 웃으며 잘 쓰이겠습니다.

필사와 다짐

년 월 일

249 일

오늘의 글

변명 중에서 가장 어리석고 못난 변명은
"시간이 없어서" 이다.
– 에디슨

시간이 없어서가
아니라 마음이 없기
때문에

이해하기

친구야 한번 보자. "시간이 없어서", 아이들과 여행 한번 가요. "시간이 없어서", 부모님 한번 찾아 봬야죠. "시간이 없어서", 이 일 한번 해볼래. "시간이 없어서", 그리고 나중에 후회한다. 가장 어리석은 변명이다. 오늘은 결코 다시 오지 않는다. "카르페 디엠", 오늘을 놓치지 말자. 중요한 일은 놓치지 않으며, 오늘도 잘 쓰이겠습니다.

필사와 다짐

년 월 일

250 일

오늘의 글

폭포수가 아닌 한 모금의 물이
사람을 살려냅니다.
– 트레이시

이해하기

갑작스러운 난관이나 슬픔에 봉착하는 경우가 있다. 이때 필요한 것은 한마디 위로의 말이다. 사람의 마음을 치유하고, 다시 일어서게 하는 힘은 거대한 폭포수가 아닌 한 모금의 물이다. 따뜻한 말 한마디, 작은 배려가 사람을 살린다. 오늘도 따뜻한 마음으로 잘 쓰이겠습니다.

필사와 다짐

년 월 일

251 일

오늘의 글

하버드에서의 수업보다 독서하는 습관이 더 중요하다.
– 빌 게이츠

이해하기

지식과 지혜가 있다. 하버드에서의 수업은 최고의 지식을 얻을 수 있다. 하지만 지식이 지혜가 되기 위해서는 깊은 사고력이 필요하다. "왜 그렇지?", "원리가 뭐지?", "진짜 맞는 말인가?" 이 질문이 해결되면 지혜가 되고, 삶의 보약이 된다. 사고력을 키우는 것이 독서이며, 그래서 독서 습관은 능력이다. 오늘도 필사와 다짐을 하며, 잘 쓰이겠습니다.

필사와 다짐

년 월 일

252 일

오늘의 글

도전하지 않으면 실패는 피할 수 있다.
그러나 그 삶은 저문 해와 같다.
– 밥영

이해하기

저문 해는 밤을 맞이하고, 뜨는 해는 낮을 맞이한다. 저문 해는 겨울을 상징하고, 뜨는 해는 봄을 상징한다. 밤과 겨울 같은 삶과 낮과 봄 같은 삶, 낮과 봄 같은 삶을 원한다면 늘 도전하며 새로움을 추구해야 한다. 그것이 청년이요, 청춘이다. 나이와는 상관이 없다. 오늘도 도전하며 잘 쓰이겠습니다.

필사와 다짐

년 월 일

253 일

오늘의 글

유능한 리더는 뛰어난 자질의 사람을 발굴해 일을 맡기고, 그 일을 간섭하지 않는 충분한 자기 절제력을 지닌 사람이다.

– 루즈벨트

이해하기

1933년~1945년 12년간 재임한 미국의 최장수 대통령, 뉴딜정책으로 대공항을 극복하고, 세계 2차 대전을 승리로 이끈 20세기 중요 지도자 중 한 사람이다. 수많은 문제를 극복했던 리더십의 핵심은 사람임을 강조한다. 뛰어난 자질의 사람을 발굴하고, 성과가 날 때까지 기다려주는 절제력을 강조한다. 오늘도 절제하며 잘 쓰이겠습니다.

필사와 다짐

년 월 일

254 일

오늘의 글

비법은 없다. 할 수 있다는 믿음과 불굴의 노력이 모든 걸 가능케 한다.

– 쿵푸팬더

이해하기

스승 '시푸'와 팬더 '포'가 이야기를 나눈다. (시푸: 어떻게 거길 올라갔냐?) (포: 몰라요. 전 그저... 쿠키를 먹으려고 한 거예요.) (시푸: 바닥에서 10피트나 높은 곳을 올라 완벽하게 다리 찢기를 해냈다고!) (포: 그저... 우연이에요.) (시푸: 우연이란 건 없단다.) 우연이란 없다. 믿음과 노력으로 하면 된다. 비법을 바라지 않고 오늘도 잘 쓰이겠습니다.

필사와 다짐

년 월 일

255일

오늘의 글

낙타는 천천히 무던히 가기에 사하라
사막을 건널 수 있다.
– 법산

이해하기

'천천히 무던히' 가 난관을 돌파하는 방법이다. 낙숫물이 바위를 뚫듯, 작은 힘이라도 꾸준히 하면 큰일을 이룰 수 있다. 말콤 박사는 무슨 일이든 10년을 매일 연습하면, 어떤 분야든 전문가가 될 수 있다고 강조한다. 핵심은 꾸준함이다. 오늘도 필사와 다짐을 하는 이유다. 무던하고 꾸준하게 잘 쓰이겠습니다.

필사와 다짐

년　　월　　일

256 일

오늘의 글

되는 일에 집중해도 모자란 시간, 안 되는 일에 시간을 낭비하지 마라.

– 시계노부

이해하기

시간은 한정된 자원이다. 공기와 같이 늘 곁에 있기에 무한하다고 착각하는데, 결코 그렇지 않다. 시간은 누구에게나 공평하게 주어진 평등한 자원이기도 하다. 한정되고 평등한 시간을 어떻게 사용하는가에 따라 승부가 갈린다. 선택과 집중이 중요한 이유다. 되는 일, 할 수 있는 일에 집중하며 오늘도 잘 쓰이겠습니다.

필사와 다짐

년　　월　　일

257 일

오늘의 글

그대가 다른 이의 고통을 덜어줄 수 있는 한, 삶은 헛되지 않다.
– 헬렌 켈러

오직 남들을 위하여 산 인생만이 가치 있는 것이다.
-아인슈타인

이해하기

"삶이 헛되다."라고 말할 때가 언제인가? 열심히 살았는데 별로 남는 것이 없을 때, 즉 보람이 없을 때이다. 보람은 누군가가 나의 수고로, 고통이 줄고, 행복감이 늘어날 때 생기는 감정이다. 기꺼이 수고로움을 감수하자. 상대가 행복해지고 내가 행복해진다. 오늘도 다른 이들을 위해 잘 쓰이겠습니다.

필사와 다짐

년 월 일

258일

오늘의 글

1. 완벽하게 업무를 챙겨라.
2. 전문가를 최대한 활용하라.
3. 냉혹하게 판단하라.

– 스티브 잡스

이해하기

4. 외부 소리만을 믿지 마라. 5. 끊임없이 연구하라. 6. 결론은 간결하게 정리하라. 7. 비밀을 지켜라. 8. 작은 팀 위주로 운영하라. 9. 채찍보다 당근을 주어라. 10. 견본품에 최선을 다해라. 스티브 잡스의 실천 십계명이다. 개인적으로 1번, 2번, 8번, 10번이 마음에 닿는다. 잘 음미해 보자. 핵심은 실천이다. 오늘도 잘 쓰이겠습니다.

필사와 다짐

년 월 일

259 일

오늘의 글

성공은 습관이다. 성공한 사람은
성공 습관을 가지고 있다.
– 프로렌스

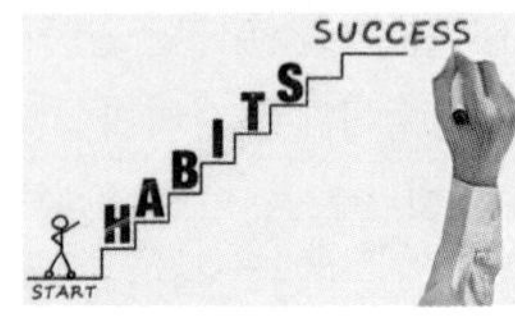

이해하기

성공한 사람은 목표를 가지고, 인내하며, 꾸준히 실천하는 사람이다. 목표를 가지는 것, 인내하는 것, 꾸준히 실천하는 것, 모두 삶의 습관이다. 습관은 하루아침에 만들어지지 않는다. 매일매일 의식적인 반복 행동을 통해 체득된다. 오늘도 필사와 다짐을 하는 이유다. 잘 쓰이겠습니다.

필사와 다짐

년 월 일

260 일

오늘의 글

늘 같이 있던 반려동물이 죽었다.
무조건 사랑의 힘을 알게 되었다.
– 피 호슬리

이해하기

반려동물과 대화할 수 없다. 하지만 그들은 늘 내 곁에서 눈빛과 몸짓으로 사랑을 보낸다. 내가 욕을 하고 때론 냉담해도, 한결같이 사랑을 보낸다. 그 동물이 죽었을 때, 너무 슬프고 힘들었다. 그때 깨달았다. 무조건적인 사랑의 힘을. "너는 항상 내 편이었어." 오늘도 사랑으로 잘 쓰이겠습니다.

필사와 다짐

년 월 일

261 일

오늘의 글

좋은 책을 읽는 것은 가장 훌륭한 사람과 대화하는 것이다.
– 데카르트

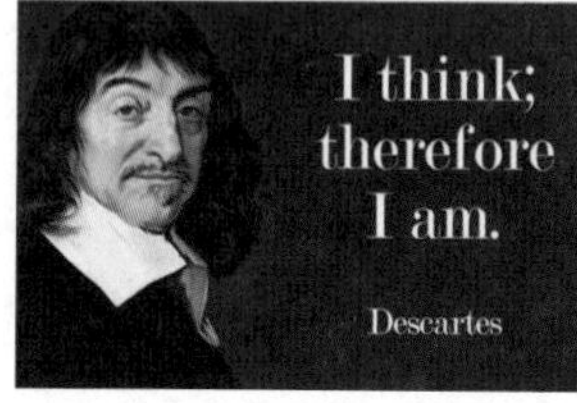

이해하기

책과 영상의 차이는 분명하다. 책은 내가 원하는 만큼 읽고, 공감 문장에 줄을 긋고, 깊이 생각할 수 있다. 하지만 영상은 일방적으로 주는 메시지를 받고, 생각이 아닌 감각이 작동한다. 책은 생각을 발전시키고, 영상은 감각을 발전시킨다. 책이 중요한 이유이며, 오늘도 필사와 다짐을 하는 이유다. 오늘도 잘 쓰이겠습니다.

필사와 다짐

년 월 일

262 일

오늘의 글

정직하고 솔직하면 상처받을 것이다.
그래도 정직하고 솔직해라.
– 테레사 수녀

이해하기

"그래도 사랑하라"라는 글의 일부분이다. 이어지는 말, "당신이 여러 해 동안 만든 것이 하룻밤에 무너질지도 모른다. 그래도 만들어라. 사람들을 도와주면 공격할지 모른다. 그래도 도와주어라. 가장 좋은 것을 주면 당신은 차일 것이다. 그래도 가장 좋은 것을 주어라." 수녀님의 깊은 사랑이 느껴진다. 오늘도 사랑으로 잘 쓰이겠습니다.

필사와 다짐

년 월 일

263 일

오늘의 글

목표가 없는 사람은 목표를 가진 사람을 위해 일한다.

– 트레이시

이해하기

'리더(leader)' 와 '팔로워(follower)' 가 있다. 목표를 정하고 길을 제시하며 선두에서 나아가는 사람을 '리더' 라고 부르고, 리더를 따라가는 사람을 '팔로워' 라고 부른다. 모두 리더가 될 필요는 없지만, 분명한 건 팔로워는 리더를 위해 일한다. 목표가 있는 사람이 리더이며 주인이다. 오늘도 주인으로 잘 쓰이겠습니다.

필사와 다짐

년 월 일

264 일

오늘의 글

매일 똑같은 일들로 일관한다면 당신은 죽은 삶을 사는 것이다.
– 맥아더

어제는 어젯밤에 끝났다.
오늘은 새로운 시작이다.
잊는 기술을 배워라.
그리고 앞으로 나아가라.
노만 V. 필

이해하기

우리가 사는 매일의 일상은 거의 똑같다. 하지만 자세히 보면 어느 하나 같은 것이 없다. 오늘 아침은 어제 아침과 다르고, 오늘 음식은 어제 음식과 다르고, 오늘 일은 어제 일과 다르며, 오늘 만나는 사람은 어제 만난 사람과 다르다. 오늘은 어제와 다른 새로운 날이다. 매일 새로운 오늘, 새로운 마음으로 잘 쓰이겠습니다.

필사와 다짐

년 월 일

265일

오늘의 글

피부 관리보다 운동이 백배 중요하다.
체력을 키우는 건 세월도 이겨낼 당당한
자신감을 갖는 것이다.
– 손미나

이해하기

나이 들수록 절감하는 것이 체력이 떨어진다는 사실. 체력이 떨어지면 자신감이 줄며 위축된다. 세월의 힘에 압도되는 것. 그래서 나이를 먹을수록 운동을 해야 한다. 떨어지는 체력을 보강해야 자신감을 유지하며 젊게 살 수 있다. 주름보다 중요한 게 체력이다. 오늘도 당당하게 잘 쓰이겠습니다.

필사와 다짐

년 월 일

266 일

오늘의 글

한걸음이 무섭다. 한걸음들로 히말라야와 극점들을 정복했다.
– 허영호

이해하기

한걸음 한걸음이 쌓여 히말라야와 극점들을 정복했다. 한 방울 한 방울이 쌓여 바위에 구멍을 뚫는다. 처음 한걸음을 내딛기가 어렵다. 왜냐하면 안주하려는 관성을 이겨내야 하기 때문. 그리고 꾸준히 하기도 어렵다. 피로감이 쌓이기 때문. 무슨 일이든 성취의 힘은 꾸준한 한걸음이다. 오늘도 꾸준히 잘 쓰이겠습니다.

필사와 다짐

년 월 일

267 일

오늘의 글

운은 우연이 아닌 필연이다. 게으른 자에게 우연한 기회는 없다.
– 화뤄검

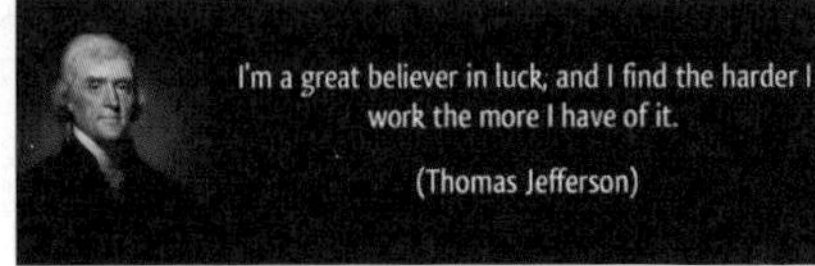

I'm a great believer in luck, and I find the harder I work the more I have of it.
(Thomas Jefferson)

이해하기

'운(運)' 이란 뜻은 '움직임' 을 말한다. "운이 좋다"는 뜻은 "움직임이 좋다"는 말이다. 운이 좋아서 성공했다고 하는데, 이는 끊임없이 준비하고 노력해서 성공했다는 뜻. 게으른 사람에게 운이 있을 수 없는 이치이다. 우연한 기회는 없고, '운' 은 움직임이 좋은 사람에게 온다. 오늘도 부지런히 잘 쓰이겠습니다.

필사와 다짐

년 월 일

268 일

오늘의 글

유머는 배려다. 주변을 웃겨라.
웃는 주변으로 인해 내가 행복해진다.
– 법산

이해하기

유머는 상대에 대한 배려이자, 내가 행복해지기 위한 적극적인 실천이다. 상대도 행복해지고 나도 행복해진다. 유머를 발휘하기 위해서는 여유롭고 너그러워야 한다. 조급하거나 편협한 사람은 유머를 할 수 없다. 여유롭고 너그럽게 주변에 웃음을 주자. 오늘도 유쾌하게 잘 쓰이겠습니다.

필사와 다짐

년 월 일

269 일

오늘의 글

승리의 비결은 천천히 계획하고,
과감히 실행하는 것이다.
– 나폴레옹

이해하기

보통 반대로 한다. 빠르게 계획하고, 느리게 실행해 실패한다. 목표를 분명히 하고, 과정을 치밀하게 계획한다. 검토하고 또 검토한다. 계획이 완성되면 실행은 과감해야 한다. 촛불로는 물을 끓일 수 없다. 화력을 집중해 강력하게 밀어붙여야 한다. 오늘도 과감히 잘 쓰이겠습니다.

필사와 다짐

년 월 일

270 일

오늘의 글

손님(고객) 덕분에 먹고 사니,
손님(고객)은 왕이다.
– 세자르 리츠

손님은 왕이다.
der Kunde ist König

이해하기

리츠칼튼 호텔 설립자다. 누구 덕분에 먹고 사는가? 어려서는 부모 덕분에 먹고 산다. 부모가 왕이다. 성인이 되어 직장에 다니거나 사업을 하면 고객 덕분에 먹고 산다. 고객이 왕이다. 은퇴를 하고 빈둥거리면 아내 덕분에 먹고 산다. 아내가 왕이다. 관점을 잘 잡아야 편안하게 살 수 있다. 오늘도 왕에게 잘 쓰이겠습니다.

필사와 다짐

년 월 일

271 일

오늘의 글

버텨라. 견뎌라. 오늘의 견딤이
내일의 쓰임이 되리라.
– 정진홍

이해하기

버티고 견딤은 큰 능력이다. 특히 위기 상황에서 버티어 낸다면, 좋은 세상을 맞이할 것이다. 어느 분야이건 성장하면 많은 플레이어가 등장하고, 일명 '치킨게임'이 벌어진다. 여기에서 살아남는 몇 개의 기업, 사람들은 다시 좋은 시절을 맞는다. 강해서 생존하는 것이 아니라, 생존하는 자가 강한 것이다. 오늘도 잘 견디며 잘 쓰이겠습니다.

필사와 다짐

년 월 일

272 일

오늘의 글

적을 만들지 않는 자가, 적들과 다 싸워 이길 수 있는 사람보다 대단합니다.
– 혜민

이해하기

법구경의 부처님 말씀, “나 자신이야 말로 나의 최대 원수. 어리석은 이들은 스스로 악행을 저지르고 혹독한 과보를 받는다.” 나쁜 인연을 스스로 만들어 혹독한 과보로 헐떡거린다. 적을 만들지 말자. 나쁜 인연을 짓지 말자. 이것이 현명한 삶이다. 오늘도 현명하게 잘 쓰이겠습니다.

필사와 다짐

년 월 일

273일

오늘의 글

우리 모두는 승리를 원한다. 하지만 승리를 위해 땀 흘리는 사람은 거의 없다.

– 스피츠

이해하기

지금 같은 4차 지식혁명 시대에는 땀만으로 충분하지 않다. 승리를 위해서는 창조적인 땀이 필요하다. 무조건 열심히 땀을 흘려 승리하는 것은 산업화 성장시대에만 가능했다. 지금은 차별화된 창조적 땀이 필요하다. 어려운 일이다. 하지만 좋은 소식은 승리를 원하지 않는다면, 땀을 흘리지 않아도 살 수 있는 시대. 오늘도 가볍게 잘 쓰이겠습니다.

필사와 다짐

년　　월　　일

274 일

오늘의 글

칼날은 쓰면 무뎌진다. 계속 갈고 닦고 배워야 하는 이유가 여기에 있다.

– 법산

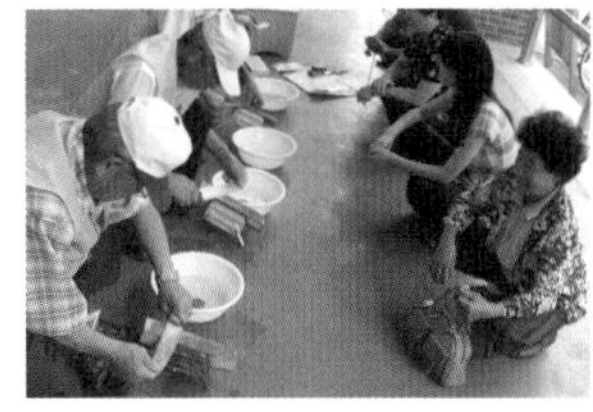

이해하기

무생물인 칼날도 무뎌지는데, 생명체인 우리의 몸과 마음은 아주 쉽게 피로감이 쌓이고 지치게 된다. 그래서 적극적인 휴식이 필요하다. 휴식이 능력이 되는 이유는 잘 쉬어야 다시 예리하게 사용할 수 있기 때문. 일과 학습도 중요하고, 휴식도 중요하다. 늘 예리한 상태를 유지하며, 잘 쓰이겠습니다.

필사와 다짐

년 월 일

275 일

오늘의 글

가화만사성(家和萬事成), 고객을 감동 시키기 전에 직원을 감동 시켜라.
– 김성오

이해하기

집이든, 회사든 잘되는 조직은 구성원들이 생기가 넘치고, 자발적으로 일을 행한다. 이런 모습에 고객은 감동하고, 그 조직은 성장한다. 가족, 직원을 살리는 방법은 무엇인가? "수신제가 치국평천하(修身齊家 治國平天下)", 바로 '수신' 이다. 내가 먼저 바르게 생각하고, 바르게 말하고, 바르게 행동해야 '제가' 가 이루어진다. 오늘도 바르게 잘 쓰이겠습니다.

필사와 다짐

년 월 일

276 일

오늘의 글

갈구하라. 무던하라.

(Stay hungry. Stay foolish.)

– 스티브 잡스

이해하기

창의적 업적을 이룬 사람들은 2가지 특징이 있다. 첫째, 갈구한다. 뭐 새로운 것이 없나? 뭐 근사한 일이 없나? 눈을 부릅뜨고 찾아다닌다. 둘째, 무던하다. 하고자 하는 일은 끝장을 본다. 집요하게 파고들어 최고의 수준까지 끌어올린다. 창조의 아이콘이 대학 졸업생에게 간곡히 당부한다. “늘 갈구하고, 무던하라.” 오늘도 꾸준히 잘 쓰이겠습니다.

필사와 다짐

년 월 일

277 일

오늘의 글

처녀지를 항해하라. 이를 통해 배움과 기회를 만날 수 있다.
– 공병호

이해하기

새로운 도전의 즐거움, 가끔 별식을 먹으면 새로움에 대한 즐거움이 생긴다. 한 번도 가보지 않은 곳으로 여행을 가면 새로움에 대한 경외감과 배움이 있다. 새로운 도전이 주는 즐거움과 배움이 행복이다. 이때의 경험과 느낌이 나중에 나에게 흐뭇한 미소를 줄 것이기에. 처녀지에 기꺼이 도전하며, 오늘도 잘 쓰이겠습니다.

필사와 다짐

년 월 일

278 일

오늘의 글

성공을 바란다면 그에 따르는 희생을 치러야 한다. 큰 성공을 원한다면 큰 희생을 치러야 한다.
– 제임스 앨런

이해하기

콩을 얻으려면 콩을 심어야 하고, 팥을 얻으려면 팥을 심어야 한다. 많은 수확을 얻으려면 많은 씨앗을 뿌려야 하고, 큰 성공을 원한다면 큰 노력을 해야 한다. 달리 길이 없다. 그런데 성공에 집착이 없다면 이렇게 수고롭게 살지 않아도 된다. 선택이고, 어떤 것이 좋다 나쁘다 할 수 없다. 오늘도 가볍게 잘 쓰이겠습니다.

필사와 다짐

년　　월　　일

279 일

오늘의 글

유능한 사람보다 무능한 사람이
조직에서 성공하기 쉽다.
– 스콧 아담스

이해하기

'딜버트의 법칙' 을 말한다. 기업에서 영리하고 똑똑한 직원보다, 무능하고 멍청한 직원이 승진과 근속을 한다. 이유는 무능한 직원은 중요한 일을 맡지 않기 때문. 유능한 직원이 오래 버티지 못하는 이유는 중요한 일을 맡기에 조금이라도 문제가 발생하면 바로 교체 된다. 유능과 무능, 직위, 그래서 별로 중요치 않다. 다만 나의 일에 충실하며, 오늘도 잘 쓰이겠습니다.

필사와 다짐

년 월 일

280 일

오늘의 글

내가 크고자 하면 상대를 섬겨라.
최고가 되려면 종이 되어라.
– 신약성서

이해하기

나는 한 나라의 평범한 백성이고, 한 조직의 평범한 직원이다. 평범하지 않는 위치에 두 사람이 있다. 한 사람은 나를 군림하려 하고, 다른 한 사람은 나를 섬기려 한다. 나는 누구를 지도자로 모시고 따르겠는가? 너무도 자명하다. 최고의 지도자는 군림이 아닌 섬기는 사람이다. 오늘도 섬기는 마음으로 잘 쓰이겠습니다.

필사와 다짐

년 월 일

281 일

오늘의 글

야망에 의한 실수는 할 수 있으나,
나태함에 의한 실수는 하면 안 된다.
– 마키아벨리

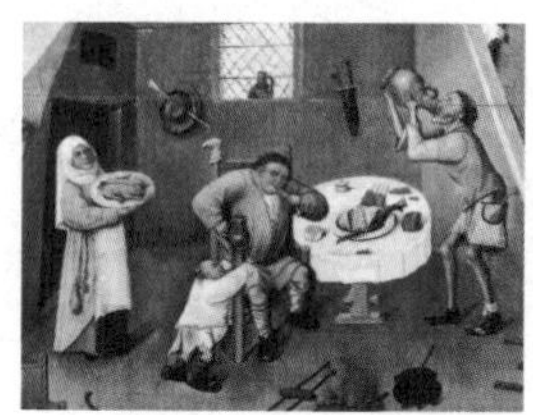

이해하기

야망에 의한 실수는 확장, 발전하기 위한 노력의 과정이기에 큰 문제가 되지 않는다. 성공의 계기도 된다. 하지만 나태함에 의한 실수는 안주하는 과정에서 발생한 문제이기에 치명적 결과를 가져온다. 완전히 다른 실수다. 절대 나태함으로 인한 실수는 하면 안 된다. 오늘도 부지런히 잘 쓰이겠습니다.

필사와 다짐

년 월 일

282 일

오늘의 글

실패한 결정 10개 중 8개는 판단을 잘 못해서가 아니라, 제때 결정을 내리지 못했기 때문이다.

– 짐 콜린스

이해하기

제때를 아는 것을 지혜라고 한다. 어떻게 제때를 알 수 있을까? 예민해야 한다. 변화를 민감하게 느낄 수 있어야 한다. 하루하루 급급하게 살아서는 느낄 수 없다. 수시로 멈추고, 생각하고, 명상하며, 지금의 나와 세상을 느껴보는 연습을 해야 한다. 예민하게 촉이 살아야 한다. 오늘도 예민하게 잘 쓰이겠습니다.

필사와 다짐

년 월 일

283 일

오늘의 글

재능 있고 노력하는 사람도 즐겁게 일하는 사람을 이길 수 없다.
– 빌 게이츠

목뼈가 나가고
코뼈가 부러지면서까지

이해하기

서장훈, 이영표 선수는 이 말에 동의하지 않는다. "최고 중에 정말 즐겼다는 사람이 누가 있는가? 최고가 되기 위한 과정은 힘들고, 아프고, 고되다. 결코 즐길 수 없다." 종목에 따라 다르다. 훈련이 중요한 종목이 있고, 창의력이 중요한 종목이 있다. 창의성은 즐기고 좋아해야 나온다. 오늘도 즐겁게 잘 쓰이겠습니다.

필사와 다짐

년 월 일

284 일

오늘의 글

직장도 결혼도 실패했지만,
책 하나는 잘 썼나 봐요.
– 조앤 롤링

이해하기

세계에서 가장 많이 팔린 소설, '해리포터 시리즈'를 쓴 영국 작가다. 그녀는 생활보조금을 받으며 어렵게 살던 싱글맘으로 절실한 심정으로 책을 썼다. 12번의 거절, 13번째 작은 출판사에서 어렵게 출간된 책은 대박이 났다. 첫 원고료를 받고 "아이에게 새 신발을 사줄 수 있어 너무 행복하다." 인생은 끝까지 가봐야 한다. 오늘도 잘 쓰이겠습니다.

필사와 다짐

년　　월　　일

285 일

오늘의 글

선수 생활을 오래 하려면 즐겨야 한다. 즐기려면 성적이 좋아야 하는데, 그러려면 노력해야 한다.
– 송진우

이해하기

한국 프로야구 통산 최다승(210승), 최다이닝(3,003), 최다 탈삼진(2,048), 최고령 투수(43세)라는 불멸의 기록을 가지고 있다. 이렇게 오래 현역활동을 할 수 있었던 힘은 단연코 노력이다. 그의 노력은 한치의 어긋남이 없는 '일상의 절제력', 오로지 야구만을 생각하며 절제하며 살았다. 잘 절제하며 오늘도 잘 쓰이겠습니다.

필사와 다짐

년 월 일

286 일

오늘의 글

장사의 최대 이윤은 사람을 남기는 것이며, 신용은 최대 자산이다.
– 임상옥

무역 상인
임상옥
사람은 신의를 가지고
바르게 대해야 한다

이해하기

조선 중기 대표적인 무역 거상이다. 아버지로부터 중국어를 배워 청나라와 인삼 무역을 하며 막대한 부를 축적하였다. 그 부를 빈민구제에 널리 사용하여 존경받는 상인의 대명사가 되었다. 사람과 신용을 가장 중요하게 생각했다. 지금도 여전히 중요한 가르침이다. 신의와 신용을 지키며 오늘도 잘 쓰이겠습니다.

필사와 다짐

년 월 일

287 일

오늘의 글

다른 사람을 과대평가하지 마라.
그리고 나를 과소평가하지 마라.
– 스워츠

이해하기

대부분 사람들은 상대를 과대평가하고, 자신을 과소평가한다. 대단한 사람은 실로 극소수인데 각종 매체가 과장 광고를 하기 때문이다. 그 광고에 현혹돼 내 모습과 비교하면 초라한 내가 보일 뿐이다. 매체의 과장 광고에 속지 말자. 광고 모델, 드라마 주인공과 비교하지 말고, 존엄한 나의 길을 당당히 가자. 오늘도 당당히 잘 쓰이겠습니다.

필사와 다짐

년 월 일

288 일

오늘의 글

남의 말을 잘 듣는 것은 태도가
아닌 능력의 문제다.
– 법산

이해하기

인간의 4가지 소통 방식은 듣고, 말하고, 읽고, 쓰기. 누구나 하지만 같지 않다. 누구는 잘 듣고, 잘 말하고, 잘 읽고, 잘 쓴다. 이런 사람을 소통 방식, 소통 태도가 좋다고 말하지 않고, 소통 능력이 좋다고 말한다. 듣고, 말하고, 읽고, 쓰기는 그 사람의 능력이다. 오늘도 잘 들으며 잘 쓰이겠습니다.

필사와 다짐

년　　월　　일

289 일

오늘의 글

부의 최종적 완성은 행복한 인간 들을 많이 키워내는 것이다.
– 존 러스킨

"나에게 혼자 파라다이스에서 살게 하는 것보다 더 큰 형벌은 없을 것이다."
_괴테

이해하기

부(富)는 풍요로움을 뜻한다. 2가지 풍요로움이 있다. 물질적 풍요와 정신적 풍요. 먹고 사는 물질적 풍요는 중요하다. 하지만 적당히 먹고 살 정도가 되면 정신적 풍요, 즉 관계적 풍요로움이 중요하다. 행복한 사람을 키우고, 그들과 함께 행복하게 살아가는 것이 부의 완성이다. 오늘도 행복하게 잘 쓰이겠습니다.

필사와 다짐

년 월 일

290 일

오늘의 글

나라가 소유할 수 있는 가장 값진 자원은 그 나라 국민들의 꿈이다.
– 월스트리트 저널

이해하기

"지난 300년 동안 유럽인들은 미국으로 건너왔다. 그들은 많은 재산을 가지고 오지는 못했지만 꿈을 가지고 왔다. 나라가 소유할 수 있는 가장 값진 자원은 그 나라 국민들의 꿈이다. 그 꿈으로 미국은 발전하였다." 개인의 꿈과 열망이 국가 발전의 초석이고, 생명력의 기반이다. 나의 꿈을 향해 오늘도 잘 쓰이겠습니다.

필사와 다짐

년 월 일

291 일

오늘의 글

죽음에 직면하면 진실로 중요한 일만 남는다. 그 일을 해야 한다.
– 스티브 잡스

이해하기

죽음에 직면해 본 사람은 운명(카르마)이 바뀐다. 나도 2013년 교통사고로 죽을 고비를 넘기며 내 삶이 바뀌었다. 남들이 원하는 삶이 아닌, 내가 원하는 삶으로 바뀌었다. 늘 가까이 있는 소소한 일상, 가족, 친구가 얼마나 소중한지 깨달았다. 그리고 늘 죽음을 생각한다. 살아있음에 감사하며, 오늘도 잘 쓰이겠습니다.

필사와 다짐

년 월 일

292 일

오늘의 글

안 좋은 상황이야말로 감사할 수 있는
절호의 기회다.
– 이나모리

이해하기

안 좋은 상황이 닥치면 당황하고, 한탄하고, 원망하고, 낙담한다. 이때 "감사합니다. 고맙습니다."라고 외치자. 과거의 잘못을 돌이킬 수 있고, 다시금 마음을 잡고 내부를 다질 수 있는 기회에 감사하자. 긍정적 관점으로 바꾸어 잘 헤쳐 나가면, 결국 크게 감사할 일이 된다. 오늘도 감사의 마음으로 잘 쓰이겠습니다.

필사와 다짐

년 월 일

293일

오늘의 글

인생은 쌓은 것이 아닌 제거하는 것이다.
수련의 최고 단계는 단순함이다.
– 페리스

비움의 미학
단순할수록 더 아름답다

이해하기

하수는 문제를 만들고, 중수는 문제를 해결하고, 고수는 문제 자체를 만들지 않는다. 하수는 무조건 쌓고, 중수는 예쁘게 다듬고, 고수는 비우고 허문다. 쌓으려고 하니 문제가 생기고 괴로워진다. 비우려 하면 문제 자체가 발생하지 않고 가벼워진다. 비움이 가장 큰 채움이다. 오늘도 가볍고 단순하게 잘 쓰이겠습니다.

필사와 다짐

년 월 일

294 일

오늘의 글

잘할 수 있고, 좋아하며, 돈이 되는
일만을 추진하자.
그 외에는 내 일이 아니다.
– 공병호

이해하기

잘할 수 있는 일을 하는 것이 중요하다. 잘하면 칭찬을 받고, 칭찬받으면 일이 좋아진다. 잘하면 충분한 경제적 보상도 주어진다. 핵심은 잘할 수 있는 일을 하는 것. 무조건 10년 꾸준히 하면 된다. 10년의 터널을 통과하지 않고, 잘할 수 있는 사람은 단 한 명도 없다. 이것이 비법이다. 오늘도 꾸준히 잘 쓰이겠습니다.

필사와 다짐

년 월 일

295 일

오늘의 글

일을 장악하라. 결코 일이 나를 짓누르게 하지 마라.

– 왓킨스

이해하기

나와 일과의 관계가 중요하다. 내가 목표를 정하고, 계획하고, 추진하면, 내가 일을 장악하는 것이다. 남이 목표를 정하고, 계획하고, 강요하면, 일이 나를 장악하는 것이다. 차이는 자발성. 자발적이면 내가 일을 장악해 가볍게 할 수 있지만, 수동적이면 일이 나를 장악해 짓누른다. 오늘도 자발적으로 기쁘게 잘 쓰이겠습니다.

필사와 다짐

년　　월　　일

296 일

오늘의 글

모든 사람은 나보다 나은 점이 있다.
그래서 모두에게 배울 수 있다.
– 에머슨

이해하기

모두에게, 누구에게도 배울 수 있다는 사실은 편안하고 행복한 삶을 위해 아주 중요하다. 사람의 장점, 배울 점을 볼 수 있다면 미워하거나 원망할 일이 없다. 우리가 미워하고 원망하는 이유는 그 사람의 단점, 부족한 점을 보기 때문. 행복은 관점에서 온다. 누구에게나 배우는 자세로, 오늘도 잘 쓰이겠습니다.

필사와 다짐

년 월 일

297 일

오늘의 글

하루에도 백 번씩 나의 삶이 살아 있는 혹은 죽은 사람들의 노고에 의존함을 깨닫는다.
– 아인슈타인

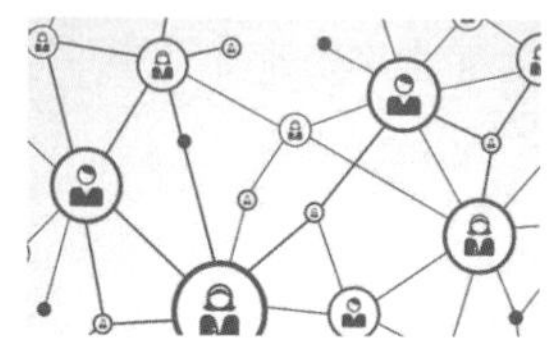

이해하기

사람 인(人), 막대 2개가 서로 의지해 서 있는 모습, 즉 사람은 서로 의지해 살아가는 존재라는 뜻이다. 우리가 매일 먹고, 입고, 자는, 모든 것들은 누군가의 노고로 만들어진 것이다. 우리가 배우고, 익히는, 모든 지식과 지혜도 과거 선지식들의 노고로 만들어진 것이다. 감사하고 감사할 뿐, 절대 교만할 수 없다. 오늘도 감사히 잘 쓰이겠습니다.

필사와 다짐

년 월 일

298 일

오늘의 글

적보다 강하게 변해야 이길 수 있다.

– 손오공

이해하기

중국 고전소설 "서유기"에 나오는 주인공으로 72가지 변신술을 사용할 수 있다. 마주하는 요괴에 따라 적절한 변신술을 써 상대를 제압한다. 상대의 약점을 파악하고, 그 약점을 공략할 수 있는 최적의 모습으로 변신한다. 자유자재로 변화할 수 있는 유연성이 승리의 힘이다. 고집하지 않고 유연하게, 오늘도 잘 쓰이겠습니다.

필사와 다짐

년 월 일

299 일

오늘의 글

선행이란 다른 사람 얼굴에 미소를 짓게 하는 것이다.
– 데일 카네기

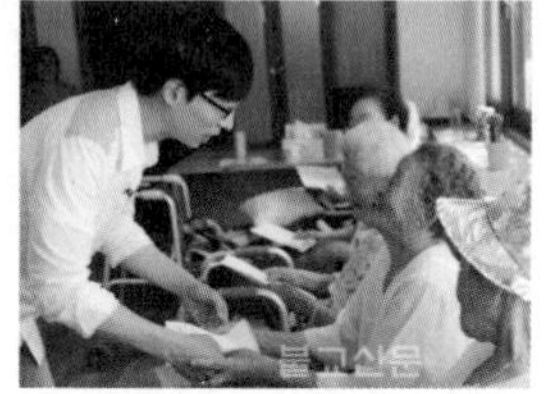

이해하기

심리학자 아들러는 우울증 환자에게 “매일 어떻게 하면 다른 사람들을 기쁘게 해줄 수 있을까 생각하세요.”라는 처방을 주었다. 2주 후 환자들이 모두 완쾌되었다. 선행의 힘이다. 다른 사람을 기쁘게 함으로써 자신의 걱정, 두려움이 사라졌기 때문. 선행은 남과 나를 위한 묘약이다. 오늘도 상대의 미소를 위해 잘 쓰이겠습니다.

필사와 다짐

년 월 일

300 일

오늘의 글

두려워서 시도하지 않는 것이 아니라, 시도하지 않아서 두려움이 생기는 것이다.

– 토니 로빈스

이해하기

어린 시절 운동회 때 8명씩 100m 달리기를 했던 기억이 있다. 내 차례가 가까이 올수록 심장이 뛰고, 긴장이 되며, 두려움이 최고조로 달한다. "땅~" 소리와 함께 달리기 시작하면 모든 긴장과 두려움은 사라지고, 다만 열심히 달릴 뿐이다. 일단 시작하면 두려움은 사라진다. '시작의 힘' 이다. 두려움 없이 가볍게 오늘도 잘 쓰이겠습니다.

필사와 다짐

년　　월　　일

301 일

오늘의 글

우리가 행복해서 웃는 것이 아니라, 웃어서 행복해지는 것이다.
– 윌리엄 제임스

이해하기

미국 심리학의 선구자이며 의학자이다. 웃어서 행복해진다는 사실을 수많은 실험을 통해 밝혀냈다. 그래서 웃음을 마음의 병을 치료하는 도구로 적극 활용하고 있다. 수시로 웃자. 가짜 웃음도 90%의 효과가 있다고 한다. 웃는 요령은 얼굴에 힘을 빼고, 입을 크게 벌린다. 오늘도 시원하게 웃으며 잘 쓰이겠습니다.

필사와 다짐

년 월 일

302 일

오늘의 글

친구가 많으면 든든하다.
좋아하는 사람이 많으면 행복하다.
– 법산

이유 없이 만나는 사람이
'친구'
이유가 없으면 만나지 않는 사람이
'지인'
이유를 만들어서라도 만나고 싶은 사람이
'좋아하는 사람'

이해하기

이유 없이 그냥 만나는 사람을 '친구'라 한다. 이유가 없으면 만나지 않는 사람을 '지인'이라 한다. 이유를 만들어서라도 만나고 싶은 사람은 '좋아하는 사람'이다. 친구가 많으면 든든하다. 좋아하는 사람이 많으면 삶에 생기가 넘치고 행복하다. 좋아하는 사람을 많이 만들자. 오늘도 좋아하는 사람들에게 잘 쓰이겠습니다.

필사와 다짐

년 월 일

303일

오늘의 글

내가 돈을 위해 일하는 게 아니라,
돈이 나를 위해 일하게 해야죠.
– 존 리

이해하기

금융, 즉 돈 교육이 중요하다고 강조한다. 투기가 아닌 투자를 해야 한다고 강조한다. "5~10년 후에 기업이 어떨지 고민하는 게 투자인데, 단기 이벤트성 뉴스를 보고 투기를 하니 돈을 벌 수 없다. 최소 3년 이상을 보고 투자하라." 조급함을 버리고, 검소하게 아끼며, 미래를 위해 투자하자. 오늘도 느긋하고 검소하게 잘 쓰이겠습니다.

필사와 다짐

년 월 일

304일

오늘의 글

변화는 두려워하는 사람에게는 위협이 되지만, 반기는 사람에게는 희망이 된다.
– 킹 위트니

이해하기

세상은 늘 변화한다. 변화의 속도가 빠르고 느릴 뿐. 지금같이 빠른 변화의 세상을 반기는 사람이 있고, 두려워하는 사람이 있다. 대체로 젊을수록 반기고, 늙을수록 두렵다. 젊을수록 새로움에 적응력이 높고, 늙을수록 낮기 때문. 변화는 자연스러운 현상이고, 새로움은 좋은 일이다. 오늘도 기쁘게 잘 쓰이겠습니다.

필사와 다짐

년 월 일

305 일

오늘의 글

사람의 진정한 재산은 세상을 위해 행한 선행이다.

– 마호메트

이해하기

이슬람교의 창시자다. 선행을 강조한다. "가장 완성된 인간이란 이웃을 두루 사랑하는 사람. 그 이웃이 좋고 나쁜 것을 가리지 않고 모든 사람에게 착한 일을 하는 사람이다." 사랑과 선행의 힘으로 하나님의 나라에 갈 수 있다고 강조한다. 이웃과 세상을 위해 오늘도 잘 쓰이겠습니다.

필사와 다짐

년 월 일

306 일

오늘의 글

그 누구도 내 삶을 대신해 살아줄 수 없기에,
나는 나답게 살고 싶다.
– 법정

나 답게 살자
be myself, love myself

이해하기

이어지는 말씀, "내 소망은 단순하게, 그리고 평범하게 사는 일이다. 내 느낌과 의지대로 자연스럽게 살고 싶다." 나답게 살고 싶다는 말의 전제는 자신을 알고 있다는 것. 내가 길가의 풀과 다르지 않고, 찰나의 시간을 사는 미약한 존재임을 깨닫게 되면, 나답게 자유롭게 살 수 있다. 오늘도 나답게 잘 쓰이겠습니다.

필사와 다짐

년　　월　　일

307일

오늘의 글

남에게 잘하는 사람은 자신에게도 잘하는 사람이고, 남을 잘 관리하는 사람은 자기 관리도 잘하는 사람이다.

– 염철론

이해하기

자신을 사랑하지 않는데 어떻게 남을 사랑할 수 있으며, 내가 나에게 잘해주지 않는데 어떻게 남이 나에게 잘해줄 수 있나. 남을 사랑하고, 남에게 사랑받는 시작은 자신에 대한 사랑이다. 나에게 잘 해주고, 나를 잘 관리하자. 너무도 소중한 나이다. 오늘도 사랑으로 잘 쓰이겠습니다.

필사와 다짐

년 월 일

308 일

오늘의 글

현재 모습 이상으로 대해주면,
그 사람은 그 이상이 된다.
– 괴테

이해하기

초등학생 20명을 무작위로 선발하여 명단을 교사에게 주며 말했다. "이 아이들은 특별한 아이들로 높은 지적 능력을 보일 것입니다." 8개월 후 이 아이들의 학업성적은 평균을 월등히 상회하고, 지능지수도 높아졌다. 교사의 기대감이 아이들에게 큰 영향을 준다는 것이 입증, 이를 '로젠탈 효과' 라고 한다. 오늘도 사랑으로 잘 쓰이겠습니다.

필사와 다짐

년 월 일

309 일

오늘의 글

우리가 할 일은 물건을 채우는 것이 아니라, 몸을 생기있게 만들고, 마음을 풍요롭게 만들고, 정신을 성숙하게 만드는 것이다.

– 정형모

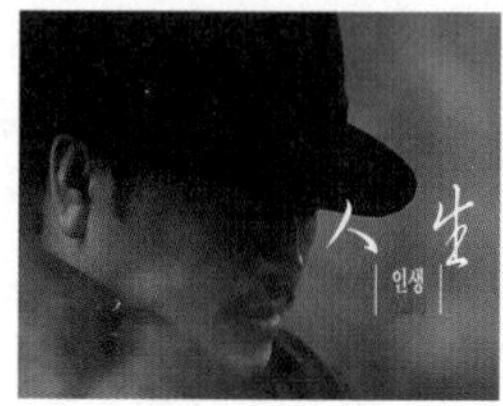

이해하기

몸을 생기 있게 만드는 방법은 일을 하는 것이다. 노동의 최대 가치는 건강을 유지케 한다. 마음을 풍요롭게 만드는 방법은 보시와 봉사를 하는 것이다. 누군가에게 도움이 될 때 마음은 풍요로워진다. 정신을 성숙하게 만드는 방법은 공부하는 것이다. 배움과 깨달음이 정신을 성숙하게 한다. 건강한 몸, 마음, 정신으로 오늘도 잘 쓰이겠습니다.

필사와 다짐

년 월 일

310 일

오늘의 글

가장 큰 용맹은 옳고도 지는 것,
가장 큰 공부는 남의 허물을 뒤집어
쓰는 것이다.
– 성철

이해하기

난데없이 억울한 일을 당할 때가 있다. 내가 한 말, 행동이 아닌데 누명을 쓰고 비난을 받는다. 이럴 경우 보통은 억울함을 밝히려고 온 힘을 다한다. 이때 성인은 억울함을 밝히지 말라 한다. 왜냐하면 밝혔을 때 원망하는 마음이 더 크게 일어나기 때문. 공부의 기회로 삼으라 한다. 쿨하게 오늘도 잘 쓰이겠습니다.

필사와 다짐

년 월 일

311 일

오늘의 글

일이 쉬울 때는 언제나 많은 사람들이 달려든다. 그러나 일이 어렵고 복잡할 때는 얼씬거리는 사람이 없다.
– 슈워츠만

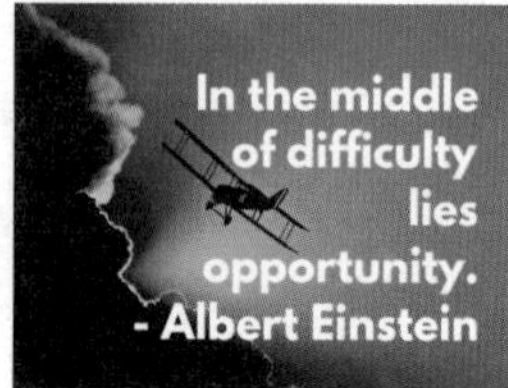

이해하기

기회는 늘 반대편에 있다. 주식이 폭락하여 모두 죽겠다고 할 때 고수는 매입한다. 그리고 활황이 되어 온 국민이 투자할 때 매도하여 이익을 챙긴다. 쉽게 돈을 벌 수 있다고 사람들이 모이는 일은 하면 안 된다. 그것은 이미 기회가 아니기 때문이다. 기회는 어려운 일, 어려운 때에 있다. 오늘도 현명하게 잘 쓰이겠습니다.

필사와 다짐

년 월 일

312 일

오늘의 글

지금도 나는 내가 뿌린 씨앗들이 열매를 거두었으면 좋겠다는 바람으로 열심히 씨를 뿌리고 있어요.

– 김형석

이해하기

스피노자가 내일 세상의 종말이 와도 사과나무를 심고, 102세 철학자가 아직도 열심히 씨를 뿌리겠다는 힘이 무엇인가? 확신이다. 내 노력이 반드시 열매를 맺어, 세상에 잘 쓰일 것이라는 확고한 믿음. 이런 선한 믿음을 가진 사람들은 장수한다. 왜냐하면 신도 좋아하기 때문. 선한 믿음을 가지고 오늘도 잘 쓰이겠습니다.

필사와 다짐

년 월 일

313일

오늘의 글

좋은 사람을 만나는 것은 신이 내린 선물이다. 그 사람과의 관계를 지속시키지 않는 것은 신의 선물을 내팽개치는 것이다.

– 데이비드 팩커드

이해하기

지금까지 얼마나 많은 사람들이 지나쳐 갔는가? 돌이켜보면 좋은 사람들이 정말 많이 있었다. 신은 많은 선물을 나에게 주었다. 문제는 내가 어리석어, 그 사람이 선물인 줄 모르고 내팽개쳤다는 사실. 선물 같은 관계는 내가 만들어 잘 관리해야 한다. 오늘도 소중한 사람들을 위해 잘 쓰이겠습니다.

필사와 다짐

년 월 일

314 일

오늘의 글

성공을 위한 필수 규칙이 있는데, 바로 다른 사람이 성공하도록 돕는 습관이다. 이 규칙이 작동하지 않는 걸 본 적이 없다.

– 카네기

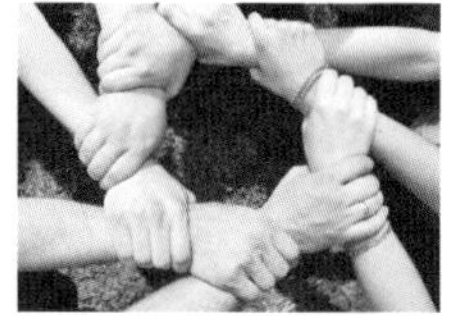

이해하기

성공을 혼자 할 수 있는가? "자수성가 했다."라고 떠벌리는 사람이 있는데, 기가 찰 뿐이다. 그 옆에서 헌신적으로 도운 부모님, 가족, 친구가 있음을 모르는 교만한 자세다. 성공은 누군가의 도움 없이 결코 만들 수 없다. 내가 성공하려면 도와야 한다. 그러면 그들이 나를 성공시킬 것이다. 자연법칙이다. 오늘도 잘 쓰이겠습니다.

필사와 다짐

년 월 일

315일

오늘의 글

우리가 산다는 것은 끝없는 새로움이다.
새로움이 없는 삶은 이미 끝난 삶이다.
– 법산

이해하기

매일매일 새로운 세상이다. 어제의 나와, 오늘의 나는, 다른 사람이다. 수많은 세포가 바뀌었고, 생각도 같지 않다. 어제 있었던 모든 만물은 오늘 모두 변화되어 있다. 오늘 만나는 사람, 나무, 풀, 꽃, 모두 새로움이다. 이 새로움을 못 느끼는 삶은 끝난 삶이라고 할 수 있다. 새로운 마음으로, 새로움을 느끼며, 오늘도 잘 쓰이겠습니다.

필사와 다짐

년 월 일

316 일

오늘의 글

생태계에서 살아남는 종은 강하거나 똑똑한 종이 아니라, 변화에 잘 적응하는 종이다.
– 찰스 다윈

이해하기

공룡과 맘모스는 멸종했고, 바이러스와 바퀴벌레는 여전히 생존하고 있다. 변화에 잘 적응하는 종의 특징은 첫째, 작고 기민하다. 변화에 빠르게 대응하여 몸을 피신한다. 둘째, 단순하고 유연하다. 빠르게 판단하고 고집하지 않는다. 급격한 변화의 시대, 기민하고 유연해야 한다. 고집하지 않으며, 오늘도 잘 쓰이겠습니다.

필사와 다짐

년　　월　　일

317일

오늘의 글

경쟁자가 아닌 고객에 집중하라. 고객에게 집중하면 경쟁자는 우리에게 집중한다. 그러면 훌륭한 포지션을 선점하게 된다.

– 제프 베조스

B2B영업,
상품이 아니라
고객의 비즈니스에
집중하라

이해하기

사업을 못 하고, 행복을 못 찾는 이유는 같다. 본질이 아닌데 집중하기 때문. 사업의 본질은 경쟁자가 아니라 고객이다. 고객에게 집중해야 한다. 행복의 본질은 상대가 아니라 바로 나다. 나에게 집중해야 한다. 상대와의 비교에서 벗어나, 본질인 나에게 집중해야 한다. 오늘도 나의 행복을 위해 잘 쓰이겠습니다.

필사와 다짐

년 월 일

318 일

오늘의 글

직장에 절친이 있으면 업무 참여도가 54% 증가한다. 그런 친구가 없으면 참여도는 거의 0%.

– 카트 코프만

이해하기

직장은 생계를 위한 공동체 조직이다. 공동체이기에 친구가 중요하다. 절친의 소개로 공동체에 들어오기도 하고, 계속 다닐 힘이 되기도 된다. 그런데 단 한 명이라도 적이 있다면 공동체를 나갈 이유가 된다. 공동체의 유지, 발전, 퇴보는 전적으로 구성원들의 관계에 달려 있다. 오늘도 좋은 관계로 잘 쓰이겠습니다.

필사와 다짐

년　　월　　일

319 일

오늘의 글

다른 사람의 장점, 좋은 점을 발견할 수 있는 사람은 훌륭한 인격의 소유자다.
– 지그 지글러

이해하기

인간은 상대의 단점, 약점을 빨리 발견할 수 있는 능력이 있다. 그래야 생존에 유리하기 때문. 반면에 상대의 장점, 좋은 점을 발견하는 데는 본능적으로 서툴다. 의도적으로 노력해야 얻어지는 능력이라, '인격' 이라 한다. 상대의 장점을 볼 수 있는 사람은 인격자이다. 장점을 보도록 노력하며, 오늘도 잘 쓰이겠습니다.

필사와 다짐

년 월 일

320 일

오늘의 글

밀가루 반죽을 잘해야 국수가 쫄깃하고 빵 맛이 좋습니다. 밀가루가 아무리 좋아도 반죽을 잘해야 인물이 나옵니다.

– 이서윤

이해하기

인간의 운명은 밀가루 반죽으로 결정된다. 즉 씨앗과 환경. 타고난 씨앗, 밀가루 자체가 좋아도 씨앗이 자라는 환경, 반죽이 잘 되지 않으면 좋은 열매를 맺기 어렵다. 씨앗은 내가 어찌할 수 없으나 환경, 반죽은 내 노력으로 바꿀 수 있다. 잘 가꿀 수 있고, 잘 반죽할 수 있다. 오늘도 잘 반죽하며 잘 쓰이겠습니다.

필사와 다짐

년 월 일

321 일

오늘의 글

산은 혼자 올라도 좋다. 함께 올라도 좋다. 산에 행복이 산다.
– 이병훈

이해하기

여행은 혼자 가도 좋고, 함께 가도 좋다. 여행은 행복이다. 이 음식은 혼자 먹어도 좋고, 함께 먹어도 좋다. 이 음식은 행복이다. 행복은 이래도 좋고, 저래도 좋다. 혼자 있어도 좋고, 함께 있어도 좋다. 이런 것이 많은 사람은 행복한 사람이다. 어제도 좋고, 오늘도 좋다. 오늘도 잘 쓰이겠습니다.

필사와 다짐

년 월 일

322일

오늘의 글

의약품이란 환자를 위한 것이지, 결코 이윤을 위한 것이 아니다. 이 사실을 망각하지 않는 한 이윤은 저절로 나타난다.

– 조지 머크

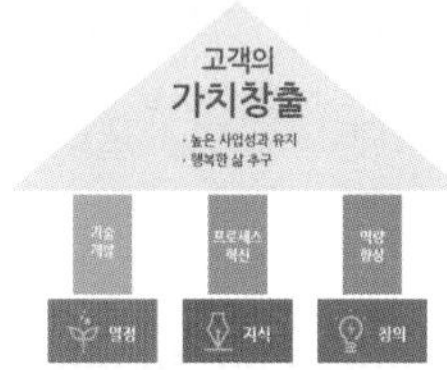

이해하기

이것을 "머크의 이념"이라고 한다. 기업이나 조직이 사명을 세울 때, 이익을 내세워서는 안 되고, 고객과 사회에 확실한 가치를 제공한다는 원칙을 가져야 한다. 우리는 가치 있는 일을 하는 사람이지, 이익을 좇는 사람이 아님을 천명해야 한다. 그러면 이익은 저절로 따라온다. 거꾸로 하면 안 된다. 오늘도 가치 있게 잘 쓰이겠습니다.

필사와 다짐

년 월 일

323일

오늘의 글

먼 미래는 긍정적으로,
가까운 미래는 부정적으로 보라.
– 김봉진

회피 동기

좋지 않은 것으로부터
벗어나거나 회피하기 위해
열심히 일하게끔 하는 것

이해하기

사람에게는 2가지 동기가 있다. 접근 동기와 회피 동기. 심리학에서 밝혀낸 사람의 동기 유발 방법은 가까운 미래의 일은 회피 동기(부정적 결과)를 자극하고, 먼 미래의 일은 접근 동기(긍정적 결과)를 자극하라는 것. 즉 가까운 미래는 부정적으로 보고, 먼 미래는 긍정적으로 보라. 지혜롭게 보며 오늘도 잘 쓰이겠습니다.

필사와 다짐

년 월 일

324 일

오늘의 글

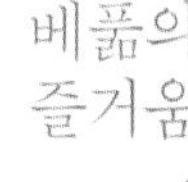

내가 왕이 되어 즐거운 것은 남에게 줄 수 있는 것이 즐거워서이다.

– 알렉산더

이해하기

이어지는 이야기, "얻은 것을 모두 남에게 주시면 대왕에게는 무엇이 남습니까?" "남에게 주는 즐거움이 남지." 남을 위해 무엇인가를 주고, 봉사하면 뿌듯한 즐거움이 남는다. 이 맛을 아는 사람들은 보시와 봉사가 사명이 아니라 즐거움이다. 오늘도 나의 즐거움을 위해 주변에 잘 쓰이겠습니다.

필사와 다짐

년 월 일

325일

오늘의 글

사람이 신뢰가 없으면 사람일 수 없다. 나라가 신뢰가 없으면 제대로 된 나라일 수 없다.

– 정조

이해하기

'신뢰(信賴)'는 믿고 의지한다는 뜻이다. 믿고 의지할 수 있는 사람들의 모임을 '공동체'라 한다. 공동체의 핵심은 신뢰고, 신뢰가 없으면 공동체가 유지될 수 없다. 신뢰가 없으면 사람일 수 없고, 제대로 된 나라일 수 없는 이유는 우리 모두가 공동체이기 때문. 신뢰할 수 있는 사람으로 오늘도 잘 쓰이겠습니다.

필사와 다짐

년 월 일

326일

오늘의 글

겸손으로 아래를 향하면, 내려가는 듯 보여도 사실은 올라간다. 교만으로 위를 향하면, 올라가는 듯 보여도 사실은 내려간다.
– 판토하

이해하기

겸손은 자신을 낮춤으로 편안하고 평화롭다. 사람들은 이 사람을 들어 올리려 한다. 교만은 자신을 높임으로 불안하고 위태롭다. 사람들은 이 사람을 끌어 내리려 한다. 편안하고 평화롭게 자신을 올리는 방법이 겸손이다. 겸손은 나도 좋고, 상대도 좋다. 교만하지 않고 겸손하게, 오늘도 잘 쓰이겠습니다.

필사와 다짐

년 월 일

327일

오늘의 글

하나의 일, 하나의 직업으로 살아가는 시대는 지났다. 모든 것이 일이 되고, 모든 일이 직업이 되는 시대를 맞고 있다.
– 이광호

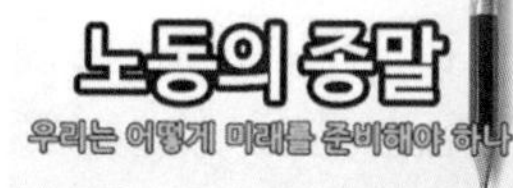

이해하기

과거 농경, 산업 사회는 하나의 일, 하나의 직업으로 살아가는 시대였다. 다가오는 디지털 혁명 시대는 로봇이 육체노동을, AI가 정신노동을 대체해 인간이 할 일이 별로 없는 백수의 시대. 노동이 아닌 행복한 삶을 위한 나만의 일을 찾고 즐겨야 하는 시대가 오고 있다. 좋은 시대가 오고 있다. 오늘도 즐겁게 잘 쓰이겠습니다.

필사와 다짐

년　　월　　일

328일

오늘의 글

오늘 걷지 않으면 내일 뛰어야 한다. 근데 뛰는 일은 영 자신이 없다. 그래서 나는 오늘도 걷는다.

– 이재숙

이해하기

내가 나를 알아 나의 페이스에 맞게 살아가는 것이 현명한 삶이다. 어리석은 삶은 내가 나를 모르는 삶. 걷는 것이 맞는지, 뛰는 것이 맞는지 모른다. 설사 알아도 행하지 못한다. 음식을 많이 먹으면 살찐다는 것을 알아도, 맛에 취해 놓지 못한다. 나를 알고, 아는 것을 행하는 것이 현명한 삶이다. 오늘도 현명하게 잘 쓰이겠습니다.

필사와 다짐

년 월 일

329 일

오늘의 글

주인 의식을 가진 종업원은 손님의 상에 뭐가 부족한지 먼저 알아차려 채워 준다.

– 민경중

이해하기

하지만 주인 의식이 없는 종업원은 손님이 요구해야 빈 그릇을 채워 준다. 주인과 종은 쉽게 구별할 수 있다. 남의 요구에 따라 행동하면 종이요. 남의 요구와 상관없이 알아서 행동하면 주인이다. 상대가 50보 가자 할 때 100보를 간다 하면 주인이다. 항상 내 인생의 주인으로 살자. 오늘도 주인으로 잘 쓰이겠습니다.

필사와 다짐

년 월 일

330 일

오늘의 글

메모는 창조의 바탕이다.
생각이 정리되고 실마리가 풀릴 것이다.
– 레오나르도 다빈치

*빌 게이츠가 350억원에 산 다빈치 메모노트

이해하기

화가, 조각가, 발명가, 건축가, 음악가, 문학가, 해부학자, 지질학자, 천문학자, 수학자, 역사가, 작가, 요리사, 의사, 인류 역사상 최고의 천재 중 한 명인 다빈치는 메모를 강조했다. 영감이 떠오를 때 바로 메모하고, 영감이 부족할 때 이전 메모를 복기한다. 내 경험상으로도 매우 중요하다. 늘 메모하며 오늘도 잘 쓰이겠습니다.

필사와 다짐

년 월 일

331 일

오늘의 글

어떤 중요한 일을 결정할 때, 그것이 현실적인가 비현실적인가를 따지기보다, 그 일이 바른길인가 아닌가를 따져야 한다.
– 김구

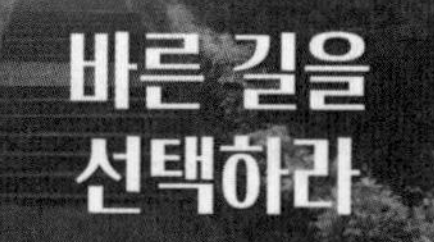

이해하기

어떤 일을 결정할 때 물어보아야 한다. 내가 왜 이 일을 해야 하는가? 나만의 이익을 위한 일인가? 모두를 위한 일인가? 이 일이 잘못되어도 후회하지 않을 것인가? 이 질문들을 한마디로 "이 일이 바른길인가?" 이 질문에 대답이 확고할 때, 강력한 추진력과 협력을 만들 수 있다. 오늘도 바르게 잘 쓰이겠습니다.

필사와 다짐

년 월 일

332 일

오늘의 글

행복 = 소유 / 욕망

– 폴 사무엘슨

What is Happiness?

이해하기

노벨경제학상 수상자로 행복을 소유와 욕망의 간단한 식으로 정의했다. 행복은 소유가 클수록, 욕망은 작을수록 커진다. 문제는 소유와 욕망이 아주 밀접한 관계여서, 소유가 커지면 욕망이 같이 커진다. 그래서 행복이 커지지 않는다. 가장 쉬운 방법은 욕망을 줄이는 것. 오늘도 소박하게 욕심 없이 잘 쓰이겠습니다.

필사와 다짐

년 월 일

333 일

오늘의 글

나를 위하여 남을 해침은 곧 나를 해침이고, 남을 위하여 나를 해침은 나를 살리는 길이다.

– 성철

이해하기

불가의 세계관은 '연기법' 이다. 모든 존재는 서로 연결되어 있고, 네가 살면 나도 살고, 네가 죽으면 나도 죽는다. 네가 불행하면 나도 불행하고, 네가 행복하면 나도 행복하다. 남을 해침이 나를 해침이고, 남을 살림이 나를 살림이다. 진리다. 오늘도 나를 살리기 위해 남을 위해 잘 쓰이겠습니다.

필사와 다짐

년 월 일

334 일

오늘의 글

말을 독점하면 적이 많아진다.

– 유재석

이해하기

'굿토커'를 완성 시키는 것은, 아이러니하게도 '굿리스너'가 되는 것이다. 말을 독점하는 사람은 타인을 배려할 줄 모르는 사람. 적게 말하고 잘 들어라. 들을수록 내 편이 많아진다. 또한 말은 뻔한 이야기보다 펀(fun)한 이야기를 하라. 잘 듣고 펀한 이야기를 하며, 오늘도 잘 쓰이겠습니다.

필사와 다짐

년 월 일

335일

오늘의 글

12살에 영화감독이 되기로 마음먹었던 소심하고 어리숙한 영화광이었습니다. 이런 날이 올 줄은 상상하지 못했습니다.

– 봉준호

이해하기

영화 〈기생충〉으로 2019년 칸영화제, 한국인 최초로 황금종려상을 받은 후의 소감이다. 이어지는 말, "내가 어느 날 갑자기 한국에서 혼자 영화를 만든 게 아니라, 김기영처럼 많은 위대한 감독들의 역사가 있었습니다." 최고의 감독에게 걸맞는 겸손함이다. 어떤 날이 올지 아무도 모른다. 나의 일에 최선을 다할 뿐. 오늘도 잘 쓰이겠습니다.

필사와 다짐

년 월 일

336일

오늘의 글

몸속에서 암이 생기지 않는 유일한 부위가 심장이다. 심장같이 살면 건강히 살 수 있다.

– 법산

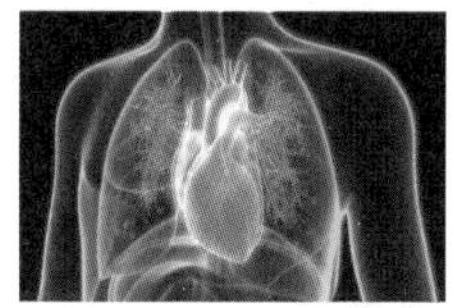

이해하기

심장은 부지런하다. 일정한 패턴으로 끊임없이 움직인다. 심장은 따뜻하다. 헌 피를 새 피로 교환하며 따뜻한 온기를 불어넣는다. 늘 부지런하고 따뜻한 심성을 가지고 있는 심장에는 암세포가 생기지 않는다. 심장같이 살면 건강히 살 수 있다. 부지런하고 따뜻하게 오늘도 잘 쓰이겠습니다.

필사와 다짐

년 월 일

337 일

오늘의 글

당신들은 보고 있어도 보고 있지 않다. 보이는 것 배후에 숨어 있는 놀라운 속성을 찾으라.

– 피카소

이해하기

예술가, 시인, 과학자들의 특별한 힘은 보는 능력이다. 일반 사람들이 못 보는 것을 보고 이해하는 능력, 즉 통찰력을 가지고 있다. 일반 사람들은 '시청(視聽)'을 하지만, 통찰력을 가진 사람은 '견문(見聞)'을 한다. 자세히 보고, 자세히 들으면, 놀라운 세상이 펼쳐진다. 오늘도 자세히 보고 들으며 잘 쓰이겠습니다.

필사와 다짐

년 월 일

338일

오늘의 글

남을 비난하는 것은 자신의 열등감을 반영한다. 이런 부정적 태도를 버리면 건강해진다.

– 프란치스코

이해하기

교황님 말씀이다. 남을 비웃고, 뒷말하고, 비난하는 사람들을 자세히 살펴보라. 당당하고, 독립적인 사람이 한 명도 없다. 비굴하고, 의존적이며, 기회주의적이고, 무능하다. 자신의 열등감을 반영한다. 마음이 어두우니 몸이 건강할 리 없다. 절대 남을 비난하지 말자. 열등한 나의 모습을 뽐내지 말자. 오늘도 건강히 잘 쓰이겠습니다.

필사와 다짐

년 월 일

339일

오늘의 글

중요한 것은 내가 쉬지 않고 뛰고 있다는 것이지, 그들이 내 앞에 있다는 사실이 아니다.

– 박지성

이해하기

관점의 중요성, 상대가 아닌 나를 보아야 한다. 내가 최선을 다했는지가 중요한 일이지, 상대가 누구이고, 게임에서 이기고 지는 문제는 부차적인 일이다. 불행은 비교에서 오고, 행복은 만족에서 온다. 행복한 성장을 위해서는 남이 아닌 나를 보며 당당히 나아가야 한다. 오늘도 당당히 잘 쓰이겠습니다.

필사와 다짐

년 월 일

340 일

오늘의 글

나는 항상 모자란다고 생각한다. 그렇기 때문에 훌륭한 임원과 직원들이 필요하다.
– 강영중

이해하기

대교그룹 창업주 말씀이다. 큰 기업을 이룬 사람들의 공통점은 본인의 부족함을 안다는 것. 그래서 인재의 중요성을 알아, 사람에 대한 욕심이 크다. 이와 반대로 성공의 오만과 독선으로 기업이 망하는 경우도 많다. 겸손해야 한다. 그래야 인재가 모인다. 모든 성패는 사람이 좌우한다. 오늘도 겸손하게 잘 쓰이겠습니다.

필사와 다짐

년 월 일

341 일

오늘의 글

자투리 시간을 잘 활용한다는 것은 시간을 잘 쓰고 시간 관리를 잘한다는 의미를 넘어선다. 매 순간 어떤 일이든 최선을 다한다는 것을 의미한다.

– 반기문

이해하기

공직자로서 UN 사무총장까지 오른 반총장님의 삶의 자세다. 인생은 시공간의 활용이다. 시간을 잘 활용하는 자, 공간을 잘 활용하는 자가 인생을 충실히 사는 사람. 자투리 시간도 함부로 여기지 않은 사람이 어찌 성공하지 못하겠는가. 오늘도 주어진 시간을 소중하게 활용하며 잘 쓰이겠습니다.

필사와 다짐

년 월 일

342 일

오늘의 글

거친 옷과 거친 음식을 부끄럽게 여기는 사람은 더불어 의논할 수 없다.
– 안중근

이해하기

사람을 사귀는 기준을 제시해 준다. 허름한 옷을 입고, 허름한 음식을 먹음에 부끄러워하는 사람은 함께 뜻을 나눌 수 없다. 그럼에도 당당한 사람을 사귀어라. 허름한 옷을 입고, 허름한 음식을 먹는 사람을 함부로 대하는 사람도 사귀면 안 된다. 결국 나도 함부로 대할 것이다. 당당하고 겸손하게, 오늘도 잘 쓰이겠습니다.

필사와 다짐

년 월 일

343 일

오늘의 글

행동하는 양심이 되어야 한다.
행동하지 않는 양심은 악의 편이다.
– 김대중

이해하기

대한민국 민주주의 역사의 대표 행동가, 15대 대통령, 노벨평화상 수상자이다. 정치 활동을 시작하며 많은 시련과 고비를 넘겼고, 결국 민주주의 아이콘, 대통령, 노벨상 수상자라는 영예를 얻었다. 바른길, 정의로운 행동의 결과다. 행동하는 양심으로 오늘도 바르게 잘 쓰이겠습니다.

필사와 다짐

년　　월　　일

344 일

오늘의 글

행동한 것에 대한 후회는 시간이 가면서 조금씩 줄어든다. 그러나 행동하지 못한 것에 대한 후회는 시간이 갈수록 커진다.

– 해리스

미련

계획대로 되지 않았다는 생각
더 잘 할 수 있었을 거란 생각

이해하기

행동하지 못한 것에 대한 후회가 시간이 갈수록 커지는 이유는 미련 때문이다. 최선을 다하지 않을 경우도 미련이 남아 후회가 된다. 후회 없는 삶을 살려면 미련이 남지 않아야 한다. 주저할 때는 무조건 행동하고, 최선을 다해본다. 미련과 후회가 없는 삶을 위하여. 오늘도 최선을 다해 잘 쓰이겠습니다.

필사와 다짐

년 월 일

345 일

오늘의 글

음악이 내 운명입니다.
음악 외에 다른 일은 생각해 본 적이 없습니다.
– 조용필

이해하기

이래서 '가왕'이 되었다. 가장 행복한 순간은 무대에서 관객과 하나가 될 때, 가장 힘들었던 순간은 무대에서 노래가 안 되고 호응이 없을 때. 죽을 때까지 즐겁게 할 수 있는 일이 있다는 것은 큰 축복이다. 나의 운명적 일은 무엇인가? 세상과 주변에 잘 쓰이는 일. 오늘도 즐겁게 잘 쓰이겠습니다.

필사와 다짐

년 월 일

346일

오늘의 글

관직이란 내가 마음에 드는 사람을 데려다 앉히는 것이 아니라, 그 임무를 가장 잘 해낼 수 있는 사람을 선택해 앉히는 것이다.

– 세종대왕

이해하기

대왕의 인재 채용 기준은 2가지. 첫째, 덕이 있는가? 둘째, 능력이 있는가? 오로지 됨됨이와 능력을 중시했다. 그래서 수많은 인재들이 활동했다. 황희, 맹사성, 장영실, 김종서, 박연…, 출신과 배경은 중요치 않고, 백성과 나라를 위해 일을 잘할 수 있는 사람을 중용했다. 기준은 됨됨이와 능력. 오늘도 세상을 위해 잘 쓰이겠습니다.

필사와 다짐

년 월 일

347 일

오늘의 글

성공하고 싶다면 올라가는 과정에 다 소모하지 말고 마지막 한숨을 남겨 놓아라.

– 김훈

이해하기

단거리 경주면 100% 에너지를 쏟아도 된다. 하지만 인생은 극히 일부만 중거리, 대부분 장거리 경주다. 단거리 경주는 없다. 그래서 느긋해야 한다. 항상 80% 정도의 힘으로 가볍게 살아야 한다. 가볍게, 포기하지 않고, 꾸준히 달리면 결국 성공할 수 있다. 오늘도 가볍게 잘 쓰이겠습니다.

필사와 다짐

년 월 일

348 일

오늘의 글

행복한 아침이 행복한 하루와 행복한 인생을 만든다.

– 차인태

이해하기

하루의 시작인 아침이 매우 중요하다. 고요한 아침에 일어나 명상, 기도를 하며 몸과 마음을 편안하게 시작하는 사람. 허겁지겁 일어나 정신없이 출근하는 사람. 누가 편안하고 행복한 하루를 만들겠는가? 아침이 오늘을 만들고, 오늘이 인생을 만든다. 오늘도 편안히 필사와 다짐을 한다. 행복하게 잘 쓰이겠습니다.

필사와 다짐

년 월 일

349 일

오늘의 글

만약 당신의 아들, 딸에게 단 하나의 재능만을 줄 수 있다면, 열정을 주어라.
– 브루스 바튼

이해하기

사랑하는 아들, 딸에게 하나의 재능을 줄 수 있다면 무엇을 줄 것인가? 나의 경우는 '이타심' 이다. 나를 행복하게 하고, 남도 행복하게 하는 비장의 무기이기 때문. 그것이 무엇이든 중요한 것은, 주고 싶은 재능을 부모가 발휘해야 한다는 점. 아이들은 따라 배우기 때문이다. 오늘도 모범이 되어 잘 쓰이겠습니다.

필사와 다짐

년 월 일

350 일

오늘의 글

별이 빛나는 이유는 깜깜한 밤하늘이 있기 때문이다. 달이 빛나는 이유는 비춰주는 태양이 있기 때문이다.
– 법산

이해하기

깜깜한 밤하늘이 있기에 별이 빛나고, 멀리서 비춰주는 태양이 있기에 달이 빛난다. 내가 빛이 난다면 밤하늘과 태양이 있기 때문임을 명심해야 한다. 수많은 사람들의 노고와 수많은 생명들의 희생으로 내가 존재하고 있다. 감사하고 감사할 뿐이다. 오늘도 잘 쓰이겠습니다.

필사와 다짐

년 월 일

351 일

오늘의 글

세상을 더 좋게 만들려는 사람을 곁에 두어야 한다. 유익한 사람과 관계를 맺는 것은 이기적인 행위가 아니라 바람직한 행위이다.
– 조던 피터슨

이해하기

나에게 유익한 사람은 어떤 사람인가? 마음이 따뜻하고 긍정적인 사람, 말이 부드럽고 유쾌한 사람, 행동이 바르고 이타적인 사람, 세상과 환경을 걱정하는 사람. 이런 사람들과 의도적으로 관계를 맺는 것은 이기적인 행위가 아니라 매우 바람직한 행위이다. 적극적으로 하자. 오늘도 세상을 위해 잘 쓰이겠습니다.

필사와 다짐

년 월 일

352 일

오늘의 글

키가 작은 게 콤플렉스지만,
내게 주어진 조건에서 최선을 다하면
된다.
– 이순재

이해하기

세 부류의 연기자가 있다. 작품보다 못한 연기자, 작품만큼만 하는 연기자, 작품보다 잘하는 연기자. 배우가 연구하고 노력하지 않으면 작품보다 더 잘 나올 수 없다. 계속 연구하고, 고민하고, 노력하는 자만이 진정한 배우가 될 수 있다고 강조한다. 연구하는 자세로 오늘도 잘 쓰이겠습니다.

필사와 다짐

년 월 일

353일

오늘의 글

정말 근사한 날이야. 오늘 같은 날에는 살아 있는 것만으로도 행복하지 않니?
– 빨강머리 앤

이해하기

화창한 봄날이다. 햇살은 따뜻하고, 바람은 살랑이고, 꽃들은 만발하고, 물소리는 청아하고, 새잎들은 파릇파릇 돋고 있다. 오늘 같은 날에는 살아 있는 것만으로도 행복하다. 누구나 느낄 수 있는 감정이며, 이 감정이 바로 행복이다. 매일매일 이런 감정을 느껴야 하고, 느낄 수 있다. 오늘도 행복하게 잘 쓰이겠습니다.

필사와 다짐

년 월 일

354일

오늘의 글

아이를 망치려면 노력이 아닌 재능에
칭찬하세요.
– 김경일

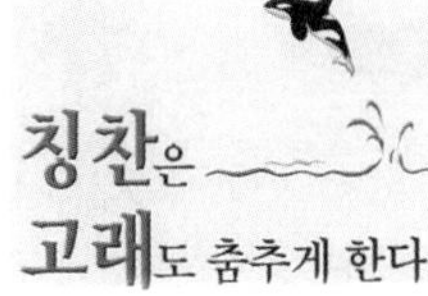

이해하기

인지심리학자는 강조한다. 노력에 칭찬하지 않고 재능에 칭찬하면, 결과지상주의적으로 자라서 부정행위도 쉽게 하고, 노력의 중요성을 망각하게 된다. 재능과 결과가 아닌 노력과 과정을 칭찬하자. 꼭 이름을 불러 칭찬하자. 사소한 일에도 칭찬하자. 이것이 칭찬의 3가지 원칙이다. 칭찬을 아끼지 않으며, 오늘도 잘 쓰이겠습니다.

필사와 다짐

년 월 일

355 일

오늘의 글

성공한 인생 – 10대는 성공한 아버지를 뒀으면 성공
20대는 학벌이 좋으면 성공
30대는 좋은 직장에 다니면 성공
40대는 2차 쏠 수 있으면 성공

– 벽보

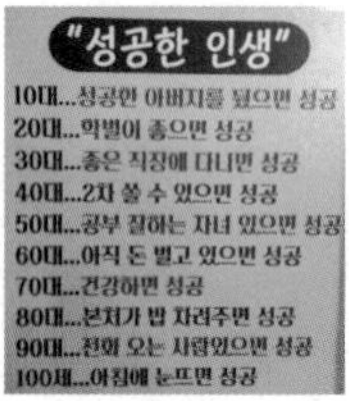

이해하기

50대는 공부 잘하는 자녀 있으면 성공, 60대는 아직 돈 벌고 있으면 성공, 70대는 건강하면 성공, 80대는 본처가 밥 차려주면 성공, 90대는 전화 오는 사람 있으면 성공, 100대는 아침에 눈 뜨면 성공. 공감되는 성공의 기준이다. 10대만 빼고 모두 자기 힘과 노력으로 할 수 있다. 100대까지 잘 쓰이겠습니다.

필사와 다짐

년 월 일

356 일

오늘의 글

성공 인생 A = x + y + z

x = 일하기, y = 놀기, z = 입 다물기

– 아인슈타인

내가 입을 다물었다면
나는 여기에 있지 않을 것이다.

이해하기

천재 물리학자가 밝혀낸 인생의 성공법칙이다. 일을 열심히 해야 한다. 잘 놀아야 한다. 그리고 입을 다물어야 한다. 역사를 돌이켜보면 성공에서 실패로 바뀌는 대부분의 경우가 말실수 때문이다. 이로 인해 파직을 당하고, 귀향 가고, 심하게는 멸문지화를 당한다. 말을 경계해야 한다. 오늘도 조용히 잘 쓰이겠습니다.

필사와 다짐

년 월 일

357 일

오늘의 글

포기하면 이미 승패는 결정 납니다.
이길 수 없는 상대는 없습니다.
– 차범근

이해하기

대한민국 축구 레전드, 여전히 국가대표팀 최다 출장(136경기), 최다 득점(58골) 기록을 가지고 있다. 현역시절 독일 분데스리가에서 외국인 최다골(98골) 기록을 10년간 보유한 최고의 외국인 선수이며, 한국 축구 세계화의 선구자이며, 절대 포기를 모르는 사나이다. 절대 포기하지 않고, 오늘도 잘 쓰이겠습니다.

필사와 다짐

년 월 일

358 일

오늘의 글

아마는 채우는 덧셈, 프로는 비우는 뺄셈, 모두 버리고 확실한 한두 가지에 자원을 집중한다.

– 오구라 히로시

이해하기

집중(focusing)해야 변화를 만들 수 있다. 돋보기로 종이를 태울 때, 렌즈의 초점을 정확히 맞춰야 한다. 또한 렌즈가 지저분하면 초점 자체가 맺히지 않는다. 변화를 만드는 프로는 그래서 비우고 버린다. 너저분하지 않고 깔끔하게 집중한다. 그렇게 변화를 만든다. 오늘도 집중하며 잘 쓰이겠습니다.

필사와 다짐

년 월 일

359 일

오늘의 글

가지고 싶은 것은 한없이 많은데, 주고 싶은 건 하나도 없는 사람은 가까이 하지 마라.

– 이외수

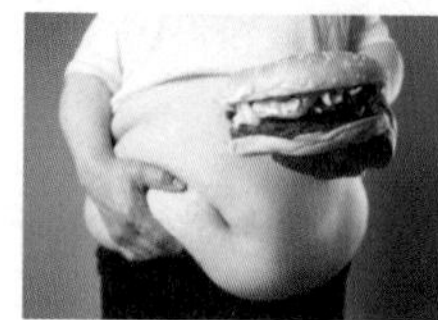

이해하기

끝없이 먹기는 하는데 절대로 배설하지 않는 습성 때문에 뱃속에 똥만 가득 찬 사람이다. 냄새가 지독하다. 이미 인간이기를 포기한 사람이므로 절대 가까이 하면 안 된다. 모으기만 하고 베풀지 못하는 사람, 똥이 가득 찬 사람이다. 매일매일 잘 배설하며 (베풀며) 오늘도 잘 쓰이겠습니다.

필사와 다짐

년 월 일

360 일

오늘의 글

명확함은 조직을 나아가게 한다.
애매모호함은 조직의 발전에 치명적이다.
– 캔시걸

이해하기

명확함은 실천의 동력이다. 목표가 명확할 때, 과정이 명확할 때, 소통이 명확할 때, 정확한 행동과 실천이 나온다. 무엇인가를 성취하기 위해서는 목표, 과정, 소통, 진단이 명확해야 한다. 애매모호함은 실천, 행동의 힘을 떨어뜨리는 독소이다. 오늘도 명확하게 잘 쓰이겠습니다.

필사와 다짐

년 월 일

361 일

오늘의 글

단 한 번뿐인 인생을 근사하게 쓰는 것이 젊은이의 의무이다.
– 김홍신

이해하기

"70대 재벌총수에게 자신의 모든 것과 젊음을 바꾸겠냐고 하면, 저라면 바로 바꿉니다. 그만큼 젊음은 소중한 가치가 있고, 무엇이든 해낼 수 있는 힘이 있어요. 시간은 한 번밖에 주어지지 않잖아요. 단 한 번뿐인 인생, 근사하게 써야 합니다." 우리 모두에게 해당하는 말이다. 단 한 번뿐인 오늘, 근사하게 잘 쓰이겠습니다.

필사와 다짐

년 월 일

362일

오늘의 글

중요한 일이 세 가지 이상이라는 것은, 중요한 일이 하나도 없다는 말과 같다.

– 짐 콜린스

아이젠하워 매트릭스

	Urgent 급한 일	Not Urgent 급하지 않은 일
Important 중요한 일	Do Do it now. 지금 당장 하라.	Decide Schedule a time to do it. 언제 할 지 결정하라.
Not Important 중요하지 않은 일	Delegate Who can do it for you? 대신 할 수 있는 사람에게 위임하라.	Delete Eliminate it. 지워버려라.

이해하기

가장 중요한 일을 반드시 정해야 한다. 직장에서 가장 중요한 일, 가정에서 가장 중요한 일, 나의 발전을 위해 가장 중요한 일. 나의 경우, 직장에서는 신규 사업을 찾는 일, 가정에서는 가족 여행을 가는 일, 나의 발전을 위해서는 매일 읽고 쓰는 일. 이 일들을 놓치면 안 된다. 오늘도 중요한 일에 잘 쓰이겠습니다.

필사와 다짐

년 월 일

363 일

오늘의 글

공사장에 가면 먼지, 냄새, 골재들로 번잡하다. 그러나 마감이 끝나고 가구를 갖다 놓으면 아름다운 집이 된다. 세상에서 가장 흉한 것은 짓다만 집이다.

– 하용조

이해하기

집을 짓는 과정이 아름다울 수 없다. 힘이 들고, 거칠고, 번잡하다. 이 과정을 지나 집이 완성되어 가구와 세간을 채우면, 사람이 살 수 있는 아름다운 집이 된다. 결코 번잡한 과정에서 포기하면 안 된다. 아름다운 결과는 아름답지 않은 과정을 통해 만들어진다. 오늘도 꾸준히 잘 쓰이겠습니다.

필사와 다짐

년 월 일

364일

오늘의 글

생각하는 대로 살지 않으면,
사는 대로 생각하게 된다.
– 폴 부르제

생각하는 대로 살지 않으면
사는 대로 생각하게 된다.
One must live the way
one thinks or end up thinking
the way one has lived.
폴 부르제 / Paul Bourget

이해하기

우리가 공기를 의식하지 못하듯 습관적으로 산다. 그렇게 사는 것이 에너지가 적게 들고 편하기 때문. 생각도 마찬가지라서, 의도적으로 생각하지 않으면 습관적으로 생각한다. 편하긴 하지만 각오해야 한다. 결코 인생과 운명이 바뀌지 않음을. 내 생각대로 살아야 한다. 오늘도 주인으로 잘 쓰이겠습니다.

필사와 다짐

년 월 일

365일

오늘의 글

최선이란 내 자신의 노력이 나를 감동 시킬 수 있을 때 비로소 쓸 수 있는 말이다.

– 조정래

이해하기

"최선을 다했다."라고 쉽게 말한다. 무엇이 최선일까? 내가 이 정도면 됐다고 생각했을 때? 다른 사람이 내 노력을 인정해 줄 때? 몸이 지치고 힘들 때? 대작가님이 잘 정의해 주셨다. "최선이란, 내 노력이 나를 감동 시킬 때 비로소 쓸 수 있는 말이다." 기준은 나의 감동이다. 오늘도 최선을 위해 잘 쓰이겠습니다.

필사와 다짐

년 월 일

말씀자 찾아보기 | INDEX

365일을 마치며

"이 책은 늘 가까이 두고 마음이 요동칠 때 다시 읽고 필사와 다짐을 합니다"

축하합니다.
당신의 인내와 꾸준함에 경의를 표합니다.
확신하건대 당신은 1년 전의 모습이 아닙니다.
긍정과 감사의 마음을 실천할 수 있는 사람입니다.
어떤 장애와 어려움을 만나도 능히 이겨낼 수 있는 실천의 힘을 가진 사람입니다.
365일 필사와 다짐을 한 이 책은 당신의 나침반이며, 당신만의 바이블입니다.
늘 가까이 두고 수시로 또는 마음이 요동칠 때 다시 읽고 필사와 다짐을 합니다.
그리고 〈마음 편〉을 보지 않은 분들은 꼭 〈마음 편〉으로 수행하십시오.
마음이 실천의 힘이고, 실천이 마음의 힘입니다.
단단한 마음과 실천의 힘으로 당당히 나아갑니다.
내가 내 인생의 주인이 되어 나의 행복, 나의 자유를 반드시 쟁취합니다.
평생의 동반자, 바이블을 얻음을 다시금 축하합니다.